往事住的房间

陈丹燕的博物馆旅行

这是往事坐的椅子，你可不能坐。

陳丹燕

《我的旅行方式》

没有自己旅行的方式，即使走遍世界，也好似从未曾见到过它。

《驰想日——〈尤利西斯〉地理阅读》

与天书《尤利西斯》中的人物相遇街头。在文字上建立起来的方位感，让人觉得似曾相识。像是在自己记忆中模糊了往事，还有旧地重游般的对照与思忖。

《咖啡苦不苦》

旅行中用来遮风蔽雨排解孤独的咖啡馆，其实也是人生散发着清冽苦味的教室。一杯甜若爱情、苦若生命、黑若死亡的热咖啡里，其实盛着人生。

《令人着迷的岛屿》

从没有一张旅游签证的国民，到世界最大量的海外游客，中国人用了十五年。2010年，爱尔兰旅游局根据此书路线专设中国游客文化旅行路线，爱尔兰总统麦卡利斯及丈夫马丁亲临新书发布会，并做专题演讲。中国旅行者从『会走路的钱包』，到拥有特设文化旅行路线，这是新的开始。

《北纬78°》

见证神迹的极地旅行，寻找到造物主留下的指纹，让人能回归成自然之子，安然接受自然的抚慰与秩序。

《去北地，再去北地》

作者夫妇在俄罗斯旅途中，各自记录下自己的所见所闻与所感所思，这两本日记本，在出版后，才发现他们记录的竟是不同的世界。二十四年过去后，他们再启程。

《往事住的房间——陈丹燕的博物馆旅行》

推开时间的房门，就能遇见早已堕入虚无中的往事正安然住在房间里。人们为了这样的心愿，在世界各地建立了博物馆，纪念不能忘怀的过去。

《跟屁虫进行曲》

二十年间，从大手拉小手到携手并肩，作者与她的孩子在旅行中见证了彼此的成长。一本旅行笔记渐渐成形，最终成为作者送给孩子的成年礼物。

这些书都关于旅行，却不是游记

——陈丹燕的旅行文学世界

《陈丹燕旅行语录》

先要观世界，方有世界观

《我的旅行哲学》

一个人去旅行，走上漫漫异乡路，是为了用脚丈量出属于自己的世界。

文学是描述旅行的墨水

《捕梦之乡——〈哈扎尔辞典〉地理阅读》

一本在东亚宁静的薄雾中读，总是好似迷宫般的小说，在塞尔维亚宁静的薄雾中读，就会突然云开雾散……就能在贝尔格莱德特有的气氛里回望塞尔维亚的各种历史谜团，并感受到作者帕维奇对于不同立场带来的不同世界观的深刻体会。

人生在世，一定要去看世界

《樱桃树下爱与弗》

二十世纪八九十年代的中国，去西方自由旅行的梦想正在一代青年心中艰难绽放，那些满怀梦想的身影奋不顾身地奔跑在路上。作者记录下了中国青年海外旅行史的第一章。

在世界这面镜子前认识自己

《今晚去哪里》

在一次次旅行中，时间在一张张借宿的单人床上错落。如果你有耐心，并坚持，终究能看到时光在空间里画出完美的人生曲线。

目录

很多年前我就知道，自己会写一本关于博物馆的书。后来，我知道我写的，是一本一直可以修订下去的博物馆参观记。但我不知道，即使这样准备着，在我自己先后完成了的另外十一本旅行文学书里，还是遍布了博物馆的故事。在几乎每一本书里都避不开谈论博物馆。

所以我做了一个索引，将这本书与其他十一本书的内容关联起来。于是，现在这本关于博物馆的书里，就包含了一张网。它好像是一个夏天到林子里去捕蝴蝶的棉线网。它网住的，是我旅行中无所不在的，往事居住的房间。在那些房间里，不只有往事它们住着，我的精神世界也和它们一同住着。我已经不年轻了，变得有资格回首自己的往事。当我回首往事，发现自己的成熟与旅行那么关系密切，也和走进无数扇大大小小的博物馆的门，关系密切。

关于博物馆参观的索引

来到一座陌生的城市，要去它的博物馆。这好像是个过时了的旅行习惯，十九世纪的旅行者的习惯。但这是我的习惯。

每当我进入一座陌生的城市、市镇，仿佛能听到博物馆招呼我的声音。即使是那些早已人去楼空的淘金小镇，在加州溽热的阳光下，小城自家做的历史博物馆也不愿意放过。我在那里看到了杰克·伦敦的踪迹，现在也许没多少人读他的小说了，可在我少年时代，他是一个浪漫男子汉的象征。还有一个老人送了一些他自己仿制的中国铜钱给我，他说："这能给你好运气，拿着吧。"他这一生，花了不少力气在寻找华工旧照片里的人名上。他说，华工大多数都没留下名字，人们就称他们：中国人。但是他们的名字应该被记着，就像一个人那样。他确定了照片上人的姓名后，就把那个中国人的姓名标注在小博物馆墙上的照片下方。

每当我走向博物馆，心里都会响起一个声音，说着同样的一句话：这又是一间往事住的房间。

我走进去，常常听到自己的脚步声，格拉格拉，在打蜡地板上，鞋底发出声响；常常闻到一种博物馆特有的空气，沉重、安宁，散发着象征着旧物的干燥气味。老天，全世界博物馆里的气味竟然都是一样的。所以，我不能说，那气味是地域性的，或者功能性的，比如油画旁边那咝咝作响的加湿器带来的。也许那正是往事自带的气味。常常那时候，往事就在我面前展开了，它们从来不是虚无的，只是平时我们看不到，它们住在博物馆里，无声地哭着，笑着，爱着，它们就这样在那些房间里得到永生。这是关于场所。

每次将要从博物馆离开的时候，我心里也都只有一个声音，说着同样的一句话：一切都木已成舟。你看那些人、那些事、那些爱、那些恨、那些剧烈的遗憾、那些不公平，一切都已安静下来，固定下来，但是，它们还在那里，被陈列着，让来访者看到，那些命运伟大的创造。这是关于命运。

谈不上爱世界各地的博物馆，我只是依赖它们，它们教我懂得世界，懂得人心，懂得去辨识上帝的指纹，和命运的红绿灯。

我的旅行从来不是放空自己，我的旅行从来就是为了认识世界，认识在这个世界中的自己。

博物馆是在全世界各个角落，永远向我敞开大门的地方。

图集一

往事住的房间

◆ 这是往事坐的椅子，你可不能坐

◆ 立陶宛战争时期的房间

◆ 西伯利亚留下的照片

◆ 拉脱维亚真的已经从俄国独立了吗

◆ 许多故事你来不及知道，亲爱的

Agnete Marie Hielmstierne,
Malet af Jens Juel.
4781

◆ 欢迎你来哈姆雷特城堡

你看，你看，从前的脸

一、乌菲齐

在翡冷翠（佛罗伦萨旧称）的阿尔诺河岸，和老城中最美丽的领主广场的中间，长长的甬道两边，是1560年建造的乌菲齐大厦。

在排队等待进乌菲齐博物馆参观的时候，我在那里望到了当年但丁遇见并且爱上贝雅特里齐的老桥。真不能相信那是十三世纪的事。要是没有《神曲》，我们现在不会知道桥边上，发生了震撼人心的爱情。

这是六百多年后阳光灿烂的中午。这样的秋天，柏林天天下着雨，圣彼得堡早已经下了雪，而意大利则还是阳光灿烂，就像我第一次到意大利时的春天一样。我看见不少男女在老桥附近徘徊不去，我想到自己也曾这样在桥边慢慢地走，期望遇见一个像但丁那样长着鹰钩鼻子的人，在心里，把自己扮作是《神曲》里的女神。这都是单独旅行的人秘不能宣的心思，是被自己有一天真

1997年，乌菲齐博物馆明信片包装纸上的铜版画，大卫像与海神喷泉以及乌菲齐甬道，还有那当时的白云。

的来到了书里的地方吓糊涂了。

我笔记本里夹着上次在广场上买的明信片，但丁看着贝雅特里齐，好像一个突然堕入爱河的男孩子那样被震撼，现在不知道还有人会有这样忘我的身体语言吗。

我远远地望着那座桥，跟着队伍向乌菲齐博物馆的大堂移过去。

然后，我看到了海神喷泉边上的露天咖啡座。

和上次我来的时候一样，褐色的木头座椅上坐满了歇脚的人，有人和我一样，在那里写明信片给朋友。意大利邮政怕是整个欧洲最慢的，所以在意大利的旅途中写明信片，说的都是没有时间概念的心情。我记得上次从乌菲齐出来，我累得头昏眼花。走进那个咖啡座，就想赶紧坐下来，快点灌一小杯浓缩咖啡下去。

只要我去一个重要的博物馆，看到了我喜欢的东西，和我从前在书里看到过的印刷品对上了号，我就开始累，不能吃东西，也不能喝东西，整个人好像梦游了一样。一脚高一脚低，穿行在一幅接一幅的画里。还没有出博物馆的大门，就已经把自己看到过的东西全混在一起了。等离开博物馆的大门，一定会找一个地方坐下来，好好静一静才行。

我记得，那一次，在咖啡座里好好地发了一阵呆。然后我写了一张明信片，我记起来自己写了一句话："我见到了从前最美丽的脸。"可那到底是谁的脸，那是谁画的脸，我已经都混在一起了。

可那是一句真话。

我还记得，那次在乌菲齐，一个个房间看下来，心里一遍遍地叹着，自己竟然见到了那么美的脸。

然后，我明白自己再次来翡冷翠，放下行李，就在深夜里去看大教堂广场上的大理石钟楼，就是为了再找到第一次在深夜的蓝天下见到它时，那种梦境里的惊异。在第二天清晨，就去圣马可修道院看《天使报喜图》，是为了在蓝衣圣母温顺的样子，和大天使五彩的翅膀里，再看看中世纪的修士那颗纯洁的心。在我读过《十日谈》二十年以后，从中世纪修道院的墙上，见到了安杰利科修士画的圣母和天使，它们让我知道世界上真的是有挚诚的心。我在中午来乌菲齐，在几年以前相同的地方买了票，我明白自己是为了再看到大房子里收藏着的，从十三世纪到十七世纪的美丽面容。

我并不喜欢那时人们画的圣婴，通常他们总是把他画成一个没有一点笑容，呆板却又诡异的小孩，小小的年纪就有了发达的肌肉。我也不晓得为什么那些有名的大画家一画到圣婴，就变得那么奇怪。可是我喜欢他们画的圣母。

二、宁静

这是利比的圣母。

我去菲利皮诺·利比的展厅里看他在十五世纪时画的圣母。圣母脸上洋溢着清秀的处女气息，和画在木板上中世纪的呆滞的圣母很不一样。她是一个年轻的女孩子，那样安静、规矩、秀丽，可自己并不晓得，只是守着一颗干干净净的心，等待着命运。我喜欢看到这样安静和清秀的脸，她是在蜡烛光下长大的女孩子，没有被电灯催熟。她那个时代的音乐，都是艺人用手和木头做的琴演奏的。文艺复兴时期的翡冷翠，是大放光芒的金色的时期，

甫道尼头的广场塑像：海神

菲利皮诺·利比之圣婴

达·芬奇之圣母

那个时期时兴的轻柔华丽的藤蔓花纹，在画上，在教堂里和贵夫人的大裙子上，到处都能看到。像利比的圣母那样的女孩子，一定也在家里学习绣这样的花纹，配上那时候流行的丝线，金色的、酒红色的、浅绿色的、灰绿色的、银色的。她也许坐在长长的窗前，绣上整整一下午，就像一粒干净的水滴。利比自己也是一个安静的人，他生在翡冷翠，死在翡冷翠，像一棵橄榄树那样，一动不动地度过自己的一生。如今，在翡冷翠的大街上看不到这样的脸了，因为现在已经没有了这样的心，而且没有了供这样的心安放的安静。在用利比命名的房间里，我又看到了他那穿着蓝衫的年轻圣母。她还在老地方，天长地久地坐在十五世纪翡冷翠的，已经充满了文艺复兴气味的华丽椅子上。

三、娇柔

然后，我就能看到利比的学生波提切利画的娇柔的脸。

他是我最喜欢的画家，在活着的时候默默无闻，但是却因此画出了在本质上优雅的脸。

这是波提切利的维纳斯。

在乌菲齐也有一间以他的名字命名的房间。那里复原了十五世纪的幽暗光线，这样的光线引发了他柔和的感伤气氛。那些画里的女子，金发的圣母、穿着轻纱跳舞的女神，还有站在贝壳上裸体的维纳斯，都微微侧着头，脸上遍布着无辜、天真，或者是轻轻的哀愁。她们都不像一班文艺复兴时期画家笔下的女人那样健壮有力，而都轻柔苗条，但没有日后苗条女人的那种病态，象

波提切利的维纳斯

波提切利的女神

牙色的皮肤，粉红的薄嘴唇，修细了的棕色，长长的金发温柔地垂下去。那是当时翡冷翠饱食者的趣味，所以美第奇很快就注意到他，将他的画挂进自己的宫殿里。现在还是有许多人喜欢维纳斯那纤巧而无辜的脸，喜欢她那穿越了时代的、天真中弥漫着的感伤。在挂《维纳斯的诞生》的那面墙前，总是停着看画的人。从后面看去，那一张张微微躬着的背脊，像望着月亮叫的小狗那样，散发出内心的向往。

人总是喜欢优雅而娇柔的脸，喜欢那样的脸上自然而然的优雅和感伤，喜欢单纯而秀丽的神情。但是很少有人肯这样说出来。喜欢文艺复兴时期的脸，好像在现在是太过时、太迂腐的趣味了。也许我们再没机会看到真正优雅的脸了，如今我们见到的优雅，都不是从内心散发出来的，而是从礼仪学校里学来的，是丧失了天真的美。

四、神秘的安详

达·芬奇很年轻的时候在翡冷翠住过，那时他已经开始画画，也开始了对大自然产生兴趣。他留在乌菲齐博物馆里的画很少，像在圣彼得堡的冬宫博物馆保留的一样少。可我还是喜欢去看他笔下为圣母报信的天使。那天使告诉圣母，她将怀上上帝的孩子。我喜欢看那天使在托斯卡纳树冠尖尖的柏树前侧着的脸，我喜欢那脸上在静穆中流露出来的神秘，她的翅膀有力地张着，食指和中指点着圣母，传达神谕。她的使命伟大，可她的脸是平静的，也是驯服的，而且还是本分的，并不能看到夸张，也没有威慑和诡秘的样子。那样的脸色，让人感到神秘的力量。像在静静的清澈水面上，能看到水底潜伏着的鱼那样，在天使的脸上能看到潜伏在本分里对神秘命运的温顺和尊重。那是一种我们不熟悉的神情，也是一种我们不熟悉的世界观。

这是达·芬奇的报喜天使。

他那个时代的人，为他当天使的模特儿的那个女子，懂得守自己的本分。达·芬奇的天使，即使是带着如此重要的使命，也知道守一个报信天使的本分。在那张侧脸上，我能看到神秘的深邃和安详的和谐。

这一次，我又想起了在卢浮宫看到《蒙娜丽莎》时的情形。《蒙娜丽莎》是卢浮宫的镇馆之宝，那里总是挤得要命。在许多仰着的后脑勺的前方，我看到墙上防盗玻璃里的黑衣的蒙娜丽莎，那是达·芬奇最有名的作品，她以一种全世界公认的神秘的微笑对着我们所有的人。可我不喜欢她那神秘的微笑，不喜欢她的黑发和黑色的眼睛，在她的脸上我感到了隐藏在神秘里面的恶意。记得那一次在卢浮宫，我没有再往前挤，而是往后退去，蒙娜丽莎让我想起了一些可怕的人和事。可喜的是，天使的脸是不一样的，大概不喜欢蒙娜丽莎的人，可以到乌菲齐来看这张美丽的脸。

五、纯洁的甜美

然后我会去找拉斐尔，他也画出了他心目中的圣母。

拉斐尔是个孤儿，但是凄苦的身世，一点也没有影响他画出十六世纪初意大利甜蜜的女子的脸。拉斐尔留在乌菲齐博物馆墙

达·芬奇的天使

米开朗琪罗《圣家族》

上的女子的脸，都是秀丽而甜蜜的，就好像她们刚刚吃了热带浓香的熟透了的水果那样，愉快地、舒服地抿着嘴。那样的脸没有波提切利画的脸那样优雅，带着富裕的市民阶级的情调，拉斐尔画出了安宁的眉眼、小小的嘴，一种小家碧玉的宁和，拉斐尔的圣母总是有这样的让人亲近的脸。看到那样甜甜的脸，人的心里会有种平静慢慢涌出来。有时候，她们的脸像莫扎特的有些音乐一样，安抚着人心，不管是激情，还是诗情，都先使它们平息下来。不知道这样的女子，是不是就是拉斐尔的理想，孤儿拉斐尔渴望的是，有这样一个女人的一个家吧，她们是一个漂泊的人温暖可靠的家，是不离不弃，是见不到异，也永不会思迁。在那样甜蜜的脸里面，装着的是挚诚和忠贞的心思，是不会作怪作妖的纯洁的甜蜜。在那样的脸上，可以看到从前的单纯的是非观，还有一个女子幽闭但是清白的精神。大概这也是男子们向往的女子吧，由他们的理想出发，而塑造出来的标准女子的脸。

乌菲齐博物馆里也有像卢浮宫的《蒙娜丽莎》那样的镇馆之宝，那是米开朗琪罗的《圣家族》。米开朗琪罗也是翡冷翠人，他死了以后，尸首被运回故乡，埋在老城区离他家不远的圣十字教堂里。米开朗琪罗笔下的人都肌肉发达，他的圣母也是这样，没有波提切利的优雅，和利比的清秀。米开朗琪罗的圣母像一尊真正的希腊女神那样健壮，她的表情也像女神那样伟岸，用一种庄严的样子，在肩上扶着她的孩子耶稣。她是文艺复兴时期充满力量的女子，不用让人爱怜。

我还是觉得奇怪：所有的人，最伟大的画家们，都没给圣婴一张明朗的脸。那孩子脸上，总有一种与孩子毫不相干的伟大，那伟大的表情，放在一个胖乎乎的金发婴孩脸上，更像呆滞和恍惚，那常常成了一张不正常的脸。就是在最伟大的米开朗琪罗的笔下，圣婴也是这样奇怪的孩子。真让人不知道对他抱着什么样的态度才好。我想，那是因为画家们也不知道对他用什么态度。

六、内在的强悍

那些从十三世纪到十七世纪的脸，在我的面前晃过，那些安适的脸、神秘的脸、善良的脸。

然后，十六世纪的卢伊尼画的莎乐美的脸出现了。

那是一张很像是达·芬奇画过的脸，美丽而善良，她长在莎乐美的脸上。和后来在王尔德插图里阴鸷的莎乐美完全不同。在心里，我觉得王尔德书里的脸更像莎乐美，那种阴险的美丽、冲突的性感，更像莎乐美这样的人。卢伊尼还是不敢认识女人内心那些强悍的情感吧，这也许不符合他的价值观。

然而，文艺复兴对人性的解放，在一个十六世纪的意大利女画家的画里得到了深刻的响应。像那个时期的人常常用暗色做底一样，她是用黑色做底的，她画的是两个犹太女英雄杀人的故事。那两个干净利落的女人，高挽着袖子，一个人将大胡子男人按在沾满鲜血的床上，另一个握着一柄剑，用女人在湍急的河水里漂洗双人床大号床单的力量，和理所当然的气概，割下那男人的头，一点也不犹豫，不夸张，甚至脸上也没有报仇雪恨的杀气，就是全心全意地做好自己手里的事情。

她是个在活着的时候默默无闻的女画家，活在罗马，死在那不勒斯，我都不能肯定她的名字。可她画出了女人心里强大而朴

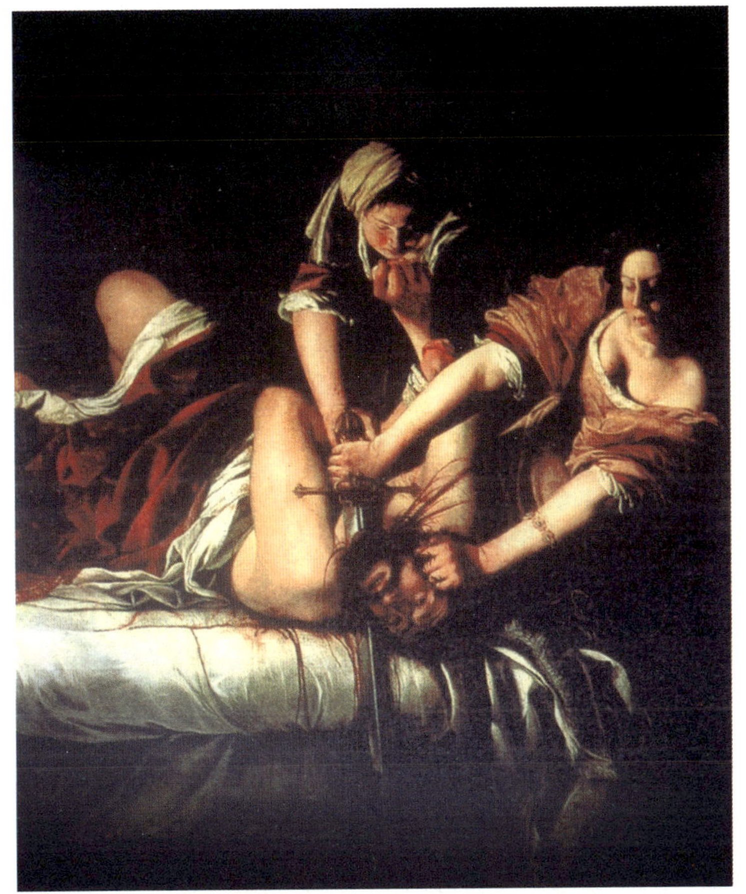

阿特米西亚
《朱迪丝潆杀赫罗弗尼斯》

素的力量，因而她在自己的画作里永生。

她画出了一个女人在心性上朴实无华的强悍：即使是在行《圣经》上要记载的伟业，也会用一种实在的、家常的心情。这一点，大概是任何时代的男人都学不会的。大概他们也不那么愿意学，不那么愿意用女人那种实在的心去生活。要是米开朗琪罗的话，他不论怎样，都不会这样表达这个女英雄杀人的故事的，我想。他画的人，一定会有伟大的表情。我想他是一个不怎么了解女人的伟人，可是他非常了解大理石，了解人体结构，了解透视。

十七世纪的女人，经历了翡冷翠地区的文艺复兴思潮，已经懂得认同女人的实在，也了解了自己心里面那冷静专注的理性，是多么有力量。

有一刻我犹豫，也许这也是十六世纪一个意大利女人心中认识的莎乐美。

七、世界上最美丽的脸被混淆了

在乌菲齐博物馆，保留着一个用拼花大理石装饰的八角形的大厅。那里有文艺复兴时期描金的护墙板，和葡萄酒红色的高大墙壁。我发现，我把罗马的梵蒂冈博物馆里的一些房间和乌菲齐博物馆里的房间混在一起了，因为它们都充满了文艺复兴的气息。那个富丽堂皇的八角形大厅，是乌菲齐博物馆起源的第一间房间。所有的油画框，都是描金的。当我再一次见到它的时候，才分辨出来。我晓得自己将很多博物馆的房间、房间里的画、画里的人脸都混淆在一起了，不知道是因为看博物馆的时间仍然太短，还

乌菲齐博物馆甬道，走满了与卢浮宫门厅里一样神色惶惶的参观者。

是因为欧洲的画实在太多。

很快地，就又累了。但还是不舍得马上离开。

其实我是在想，要是一感到累，就可以离开，也许记忆不至于那么混乱，但是对一个要飞十一个小时，跨六个时区，才能到翡冷翠的我来说，这样做太奢侈了。

在出口处，我挤在意犹未尽的人里面买乌菲齐藏品的明信片，我心里盘算着，要到两年以前坐过的咖啡座里去歇脚，然后写明信片，第一句话就是：“你想到吗，我又看到了世界上最美丽的脸。”

修士密室里藏着天使的翅膀

十三世纪的时候，翡冷翠共和国正是最年轻气盛的时候，渴望着文化和艺术，翡冷翠开始充满了艺术情调。欧洲最美丽的圣母百花大教堂，已经开始建立。离它不远，有一个不大的广场。在这个广场上，有一个淡黄色外墙的修道院。天主教的僧侣，那些把自己献给上帝的男人，住在里面修行。他们在修道院里的小教堂唱赞美诗，在有廊柱的回廊里连着几个小时不停地兜圈子，彼此不说话，思考《圣经》上的事。他们在地窖里酿葡萄酒，晚餐的时候，在修道院的长条桌上可以用木头挖出来的大杯子喝。楼上有一间间小小的密室，有时候他们独自在里面思考和反省。密室里有一个小木桌，上面放着蜡烛和书。楼上还有一个图书馆，他们把《圣经》和赞美诗抄在羊皮上，还用金箔画了很美的图，把它们装订成厚大的羊皮书。

圣马可修道院就这样静静地过了两百年。这两百年里，翡冷翠成了整个欧洲最繁荣、最典雅、最美丽的文化艺术中心，意大利的文艺复兴就在这里长大，光芒四射。住在圣母百花大教堂后面窄街上的但丁，使翡冷翠的地方话成了全意大利统一使用的语言。在那个繁花似锦的时期，教会请科西莫出钱翻修圣马可修道院。修好以后，它成为翡冷翠很有名的地方，引得许多人想来这里住，不光是想来这里修行的修士，比如安杰利科修士。还有许多有名的人，连翡冷翠的大主教都在这里住过。

圣马可修道院又这样著名地过了四百年。到了十九世纪，修道院被取消，像那些在意大利各地有名的修道院和宫殿一样，它也被改成博物馆。这时人们发现，在圣马可修道院的餐室里、门廊里、修士们密室的墙上，甚至庭院廊柱里的走廊上、楼上楼梯边的墙壁上，到处都是安杰利科修士的油画和壁画。这个修道院里，能找到的就有上百件。一个有名的修道院，成了它的一个修士的绘画博物馆。从它成为圣马可修道院博物馆以后，人们来到这里，就是来看一个十五世纪的修士在他修行了一辈子的地方画的画。在他吃饭的地方，在他散步的地方，在他独自思考的地方。这个十五世纪的意大利男子留下的，是他心目中的《圣经》、他的信仰。

在他终日在中世纪封闭但骄傲的修道院里画《圣经》故事的时候，黄色围墙外面的翡冷翠，到处荡漾着文艺复兴的气息。他画的天国，像在中世纪的时候人们想象的那样，是安详和幸福的地方。天使背着它们金色的大翅膀，在云上和深绿色的柏树梢上。人们并不笑，可神态安详。四处金光闪烁，一些至圣的人，还有金环在头上环绕。他为祈祷堂的祭坛上画的装饰屏，是将耶稣从十字架上取下的故事，在天上，有彩衣的天使裹着白云而来，阳光普照大地，白色的城堡前种着庄重的柏树，抹大拉的马利亚穿

从这里走向安杰利科修士的《圣经》世界。

着红袍子，亲耶稣流血的脚，草地上开着白色的小花，那是在宗教画里有着特别象征意义的花，在耶稣受难的时候，它们就会开放在画面上的某一个角落里。那是一幅颜色明亮和谐的画，圣者们头上的金环闪闪发光，带来了明丽皓洁的气氛。安杰利科时代的圣马可修道院一定很富有，他油画上所有的金色，用的是真正的金箔。远远地，当你还没看清画面时，那些金色的翅膀和光环就已经在闪烁了。

要到修道院的楼上，早先修士们起居修行的地方，看安杰利科修士画的壁画，才能发现他心中的温柔和安静。木头楼梯在脚下吱吱地响，让人想到不知有多少人在六百年里这样上过楼。突然，在楼梯尽头的高大木门里，看到一大幅壁画，有着五彩长翅膀的天使，向坐在拱廊、沉静里带着一点点惊惧的蓝衣圣母报告她将要怀孕、她的孩子将是圣子的消息。那是如今世界著名的《天使报喜图》。他心目中的这个时刻十分妩媚，那是在一个意大利风格的小庭院里，拱廊里有着柔和的阴影，外面是开着小花的草地和葱茏的树林，带着橄榄树叶那样的灰绿色。天使和圣母都很安静，圣母有着纯洁的眼睛。还在楼梯上，就会心里一静，把脚步放轻了，向它走过去。虽然已经过去五百年，还是能感到安杰利科那一颗幽静而明亮的心。

安杰利科给每个修士的密室里都画了那样的壁画，圣母在有着意大利黄的廊柱下，耶稣在开满了小花的草地上。小而单调的密室只有一扇小窗，还有很厚的木窗板，可以将外面的世界完全隔开，帮助静修的修士探索和冥想。安杰利科典雅明亮的《圣经》故事画面，在那样的密室里，有一种像烛蜡上的火苗那样脆弱而温柔的甜美。那就是十五世纪的一个修士有信仰的古典的心。

原来一个人的信仰可以是这样的明丽甜美，而一颗有信仰的心可以是这样的沉静温柔。

离开楼上的密室，参观的人们走下楼来，经过四方的回廊，阳光在宽大的走廊里落下了稀疏的树影和拱廊的弧形阴影。那里有一些雕像，一个小小的喷泉，还可以看到画在拱廊里面的壁画，那也是安杰利科的《圣经》故事。他的一生都和《圣经》连在一起，并不能说他把自己献给了上帝，他从那样的日子里，获得了一颗那样甜蜜的心。这里是一个让人流连的博物馆，它有和谐的庭院，美得恰到好处的房子，可以看到的东西很美，没有少得让人觉得不值得，也不多得让人身心俱疲，到后来什么也看不进去。在你已经有了心得的时候，就结束了。

从回廊来到出口，那里连着一个礼品店，里面可以买到许多展品的明信片，它们满满地排在架子上。见到架子的那一刹那，就好像安杰利科站在面前。他像画里的修士一样，赤着脚，穿灰色的斗篷，金发剪成了僧侣的式样，脸上带着修行人的孤寒。掌店的是两个和善的女子，她们叮的一声打开收银机的抽屉，把你买的一小沓明信片递给你。要是你和她们谈起安杰利科，她们会告诉你，那并不是修士的真名，而是对他的评价。安杰利科的意思，是“像天使般的”。

圣马可修道院的修士精舍，与其他天主教修道院不同的是，墙上那些明媚的湿壁画。

圣马可修道院的参观券，手里握着它，走进那小小的甘甜的院子，第一次来这里是四月，第二次来这里是十一月，但它是一样的鲜花盛开。

四季都鲜花盛开的院落，还保留着安杰利科修士画中的静谧。

1999年去圣马可修道院买明信片，这时还没有用欧元。

GIUNTI SPA
GRUPPO EDITORIALE
MUSEO SAN MARCO
P.ZA SAN MARCO 1 FI
P.IVA 03314600481

CODICE: TRANS. 30

BONECHI	1 000
IFI	1 000
BECOCCI	1 000
CART. GIUNTI	1 000

CODICE: N.ART. 4
TOTALE 4 000
CONTANTI
10-11-1999 11-07
NUMERO SCONTRINO FISCALE 30
MF BC 6505241

但丁的家

那是一条翡冷翠阴郁的古老小巷，在老城里，近着老城中央的圣母百花大教堂。

托斯卡纳的蓝天像一缕布一样，盖在石头老房子上方。再剧烈的地中海阳光，都晒不到街巷里的石头。

这是那种要是有人走过，整条巷子里都响彻了他的脚步声的，窄窄长长的巷子。陌生人的脚步声，像房子上用的石头那么硬，在两边的墙上，弹过来，弹过去，又小，又硬，又清脆。

清晨，小巷子里飘着浓缩咖啡的芳香。

但丁就出生在这样的小巷子里，在1265年的5月，那是在阴郁的十三世纪。他出生在一栋石头房子里，他爸爸是一个翡冷翠的小贵族。

过了七个世纪，我在一个早上找到但丁家的房子，沿着长长的楼梯，一直走到楼上。如今但丁已经是地球上最重要的诗人了，他的画像上，头上围着古典的桂枝。我想起了第一次读到《神曲》

时的情形。那是在我的童年时代，在家里的书被烧掉了以后，漫长的、寂寞的日子里，我哥哥借回来一本被翻得烂烂了的书，那本书的书页，已经像用过的床单一样软。书里写着：

我看到在小溪的彼岸出现了
一位孤零零的仙女，独自走去。
一边唱歌，一边采着一枝枝花朵，
她走的路仿佛由百花砌铺而成。

那就是但丁的《神曲》。

我并没有看懂《神曲》，我怎么看得懂呢。

我只是记得有一个外国人，写了一首长诗，写到他去地狱、炼狱和天堂的情形。这个外国人，长着一只向下垂的长鼻子，看上去不开心的样子。那是在1967年或者1968年时候的上海，在一个扫除所有西方文明的革命时代中，但丁七个世纪以前写的诗歌，居然会用那样偶然的方式，来到了一个小孩子的面前。他有一个死去的爱人，仙女，带领他去了天堂。他是真的爱那个仙女，常常心里充满了羞愧和仰慕，这是我第一次接受究竟什么是伟大的爱情的教育。

我不知道但丁是不是也在这狭长的楼梯上走过，在他是个小孩子的时候。肯定没有人知道这一点，到1911年，这里才成为但丁故居纪念馆。从前，那个因为妈妈早逝而不快乐的男孩子，在这石头房子里怎么活着，由谁教了他拉丁文，谁教了他语法，又是谁激发了他对诗歌的兴趣，他小时候长得怎样，不再有人知道了。他是不是也像现在的翡冷翠小孩那样，在身上留着一股暖暖的奶酪气味？走在这长长的楼梯上，他寂寞吗？他想念自己的妈妈吗？寂寞的时候，他又干些什么呢？那时候他还是普通的孩子，并不会写诗呢。

从楼梯的窗子望出去，可以看到巷子对面褐色的房子。那是但丁家族的教堂。他家的人，活着的时候到自己家的小教堂去做礼拜，结婚的时候到自己家的教堂去举行婚礼，死了以后，埋在教堂后面的一小块墓地里，变成一块石头做的墓碑。许多事都发生在家族的教堂里。听说，在但丁九岁的时候，在他家的教堂里遇见过一个美丽的女孩子贝雅特里齐，并且爱上了她。也许太寂寞了的时候，他就在昏黄的教堂烛光里爱上什么人吧。

如今在但丁家的房子里，一件他当年用的东西都没有留下。因为他后来被人赶出了翡冷翠，终生都没能回来。在被流放的地方，他成了意大利最伟大的诗人，他使用的语言成为意大利国家的语言，他写出了十四世纪最美丽的诗歌。他诗歌里的人，是在翡冷翠见到过，并且爱上的女子，现在人们也跟着他，叫她贝雅特里齐。他诗歌里用的语言，是故乡翡冷翠的语言。他用过的东西早已经灰飞烟灭，像他用过的笔、他读过的书、他坐过的椅子，可是，他的诗歌总是回荡在这栋老房子里。走在咯吱作响的地板上，总是可以听见一个慈悲的男声和一个慈悲的女声在朗读他的诗。他们的意大利语在这空空的屋子里是那么优美，那些音韵、那些词发出的声音。那寂寞男孩生命里最美的一部分，终于回到了自己出生的地方。像花散发出香气一样，在他出生的房子里散发着盎然的诗意。

他家的墙上挂着他的画像。他总是穿着尖尖的红鞋，戴着红色的帽子，他的鼻子沉沉地垂下来，使他的脸变得忧郁。在他靠

但丁家的旁边是教堂，但丁在这里受的洗礼，在这里遇见他的妻子，在这里结婚。但丁家旁边的贵族大多埋在小教堂后面的墓地里，但是，但丁的墓不在。

在海边读书的时候是这样，在廊桥那里又遇到他爱的贝雅特里齐时，也是这样。在他再见到贝雅特里齐时，他是一个翡冷翠已经订婚的绿衣青年，而当他结婚的时候，贝雅特里齐已经死去两年了。他所爱的女人总是死去，开始是他的妈妈，后来就是他的爱人。在这阴郁的小巷子里，在他坐在窗前，听着天主教堂的钟声在小巷子的墙上撞来撞去时，他会是怎样的心情呢？他的脸上总有一种愁苦的样子，薄伽丘在他为但丁写的传记里说，但丁在贝雅特里齐死去后，为了排解，对哲学和神学做过刻苦的研究，那是他后来能写《神曲》的基础。但我不知道，但丁脸上愁苦的表情，是因为他的失去，还是因为他渐渐成为一个伟大的诗人，天才的脸，总是愁苦的。

在顶楼的平台上，我看到了蓝天，那是翡冷翠如蜜一般的蓝天。平台上养着小小的红花。我看到了从圣乔万尼洗礼堂上走散的鸽子，孤零零地在塔楼前飞过，褐色的老塔楼已经不像但丁时代那样高了吧，在贵族们无休无止的争斗中，塔楼一定被人拆过了。可它的阴影还是直直地打到了平台上。这是但丁也见到过的情形吧，那样的蓝天、塔楼、鸽子和红花，还有《神曲》的声音。那曾是在他心里的声音，现在响在每一个悄悄走在他家老房子里的人的耳边：

> 一位仙女忽然在我面前出现，
> 她戴着橄榄枝的花冠，遮着白面纱，
> 绿色斗篷里穿着火红的衣裳。
> 那么漫长的一段岁月已经过去，
> 我的精神无从去亲她的芳泽，

她曾怎样使我面含羞涩，敬畏不已，
如今再不能用我的眼睛细视她，
但是从她圣体中发出的灵气，
使我又一度感到旧情的炙烈。

从1290年她去世，到1300年但丁开始写《神曲》，他们终于永远在一起了。原来一个人在九岁时候的事，也能这样引导一个人的一生，哪怕这是一个伟人，哪怕这是一个远远超越了爱情的意义重大的人生。

1997年，但丁故居纪念馆门票

Unione Fiorentina

DANTE'S HOUSE

FLORENCE

GUIDE TO THE MUSEUM

但丁在老桥上遇见了贝雅特里齐，那是全世界都知道。
直到现在，在老桥附近，来自全世界的人，经过老桥时，
都放慢了步子，东张西望。那是想起了但丁的故事呢，
还是希望遇见自己的贝雅特里齐？

但丁的肌肉

在傍晚的时候，从米开朗琪罗故居出来，就看到圣十字教堂的广场了，顺道去看圣十字教堂，去看但丁的墓，还有米开朗琪罗的墓，那是个存放意大利巨人的灵柩的教堂，因为这一点而著名。

参观米开朗琪罗故居留下的不快，还在心里。那其实已经变成了米开朗琪罗的侄儿的纪念馆。那同样会画画的侄子，把米开朗琪罗的出生地布置得富丽堂皇，但却在小小的房间里。而米开朗琪罗到底在哪间房间里出生，有怎样的经历，却什么也没有说。这是我看到过的最失败的故居纪念馆，却是收费最高的。我看到的，就是后人怎样曲解米开朗琪罗的情形。

然后，我看到了但丁的墓。还有灵柩的塑像。

要不是在雕像的脸上，有但丁式的钩鼻子，还有但丁式的愁苦的表情，真的不能知道，那竟然是为但丁塑的大理石像。它有

那样发达的肌肉，那么大的手，那么强壮的手臂，居然还光着上半身，像希腊的神一样。它完全不是诗人但丁的样子，而是一个健美英雄。相比起但丁有根有据的脸来，那身体肯定不是他的。

我在我照相机的镜头里面，望着坐在灵柩上沉思的雕像。但丁应该是个瘦弱的人吧，他一辈子花几十年，日日写《神曲》，那种施瓦辛格的肌肉从哪里来？但丁应该是个愁苦的人吧，他被迫离开家，客死他乡，怎么会有那样昂扬的希腊神的姿势，真的错了。

一定是因为伟人的真实生活和真实面容不那么伟大，他们才造一个自己心目中的样子出来的。

《神曲》

2018年的12月，我在上海办了自己的第一个旅行展，展览的，却是我自幼读过的书，那些书引导我走向辽阔的世界，用二十八年的旅行，完成了十二本旅行文学书，这一个月，最后两本书稿也齐备了，交给了我的编辑。我用了十八年的时间陆续写成了这些书，开始出版这套书的时候，有整个编辑小组跟我一起工作，到这个月，编辑小组里的那些编辑，只剩下一位，从最初的一本《我的旅行哲学》，一直跟到了最后一本《往事住的房间》。这个旅行展，我的书也会跟随我读过的那些书一起展出，那部分，叫作“一个读者漫长的回馈”——她最终也成了一个作家。

展览即将开始的前夜，我来到展厅里，按照展陈设计师马尔格的要求指出将要展出的那些老书的重要性，我九岁读的第一本欧洲小说《海底两万里》对我个人是重要的。

还有鲁迅翻译的《死魂灵》。这本书，果戈理在意大利旅行时写完了结尾，在罗马。同时，他说出了那个时代许多参加意大利壮游的作家的心里话：我期望在死前对世界的最后一瞥，有着罗马晴空下的松树。我在爸爸的书柜里发现了这本书，因为是鲁迅的译本，所以才在1966年烧光我爸爸书柜的烈焰里幸存下来。我讨厌小说里那些颓废的地主。我也不知道过了那么多年以后，我在罗马时，心里会深深赞同着果戈理的喟叹。

还有一本精装本的《神曲》，它是2016年我最主要的阅读经历。在翡冷翠附近的修道院和城堡里的日日夜夜，我都和这本十四世纪的意大利长诗在一起。

我大概是十几岁的时候第一次读到《神曲》。当时我被但丁对贝雅特里齐的爱情感动，这本书几乎奠定了少年时代的我对爱情的全部理想。后来在大学时代正式的欧洲文学史里，我开始明白《神曲》里的世界观，是文学史里它最有价值的部分，甚至对后来的意大利文艺复兴都有着重要的影响。

那时，我开始对自己只记得那经久不息而谦恭完美的爱情感到惭愧。

所以，在2016年，我带着大学时代的《神曲》再去意大利读书的时候，我以为我会更读得懂欧洲文学史期末考试时，我对但丁的世界观的分析。

但是，在波皮城堡但丁写作《神曲》的窗前，以及拉韦纳修道院那些极其安静的夜晚，重读《神曲》，我得到的最重要的阅读体验，并不是但丁的世界观，我再次越过但丁对世界观的表述，再次回到我少年时代初次读《神曲》时的感动，他和她，始终存于心中的爱情，那样一种抽象之爱的永恒性。

我少年时代的疑问再次回到心中：也许正是因为在这世界上再也找不到贝雅特里齐，所以但丁才借着写作，与她终于相见的吧。

在城堡珍本图书馆里收藏的第一版印刷体《神曲》，与我从上海带去的《神曲》中文版在一起。

这个意大利的五月，亚平宁山脉中无数菩提树都开了花，芬芳扑鼻。我在窗前不光读了一遍《神曲》，还画下了窗边看到的田野，这就是1289年但丁参与打仗的古战场。

散落在意大利各地的但丁流放和写作的旧地，我读着他诗中一再形容与咏叹的那张美丽的脸，贝雅特里齐在天堂里越来越灿烂的微笑，如星辰一样明亮，这种在痛苦人生里需要一份爱情来护卫内心的个人需求，仍旧在伟大的《神曲》中游荡着，没有安息。在《神曲》中，我总是读到一个男孩不变的倾心，当这个男孩成为一个流亡作家，他心里的女孩会来引导他去到天堂。

从1997年到2018年，我已经做了九次意大利旅行。

1997年，在翡冷翠空无一物的但丁故居纪念馆里，安静听着意大利语朗读的《神曲》。

2001年在但丁家对面幽暗的小教堂里，我找到他和她第一次见面的教堂门前。

2002年我在阿尔诺河边摆满面具的小摊上，买了一张复制的小油画：贝雅特里齐在桥边见到但丁，但步履未停。

2016年我在他写作《天堂篇》时的山坡上的小城堡，对《神曲》的理解，回到了少年时代的原点。

可2018年的春天，在但丁故居纪念馆里再次听到一个优美的男声朗读着《神曲》，那声音还是1997年时我听到过的，却让我感动到不能自已。

在我布置着对我一生来说重要的书的时候，马尔格走了过来。她是法国人，我们才认识不久，几乎没有交谈过。

她过来说："我虽不懂中文，看不懂大多数你提到的书，但我发现了版权页上有时会标出这些书的原文名字。"她突然指了指《神曲》，"我的少年时代也曾经读过它。刹那我找到了我跟你的联系。"

她的眼睛里突然充满了眼泪："我很感动。"

我站着，说不出话来。

被神的手指点过

从罗马市中心坐公共汽车，经过一些有贝尼尼雕像的广场和喷泉，经过一些正在维修或者已经开放的博物馆，经过一座座老桥，就看到了一个有庄严中轴线的大广场。

那里游人如织，但是都像棉线里的接头一样小，在那里真的能看到全世界各地的人，只要你小心地辨认，在人群里，可以看到出家人愁苦而宁静的脸，是罗马其他也会充满了全世界面孔的旅游地所看不到的，我是在那里发现全世界的出家人的脸，原来都有类似的愁苦与宁静。他们是从全世界来的天主教的神职人员。不少人在照相，闪光灯像针头那样小而亮地闪烁。

一群群的鸽子在广场上空盘旋着，一群群地落在宏伟的教堂圆拱顶上，一群群地落在巨大的喷泉的水流里面，一群群地跟着人在地上走，人们怕踩到它们，倒是格外加了小心，鸽子什么也不在乎，扭动着身体，像得了风湿病的欧洲老太太。

那就是梵蒂冈，罗马的国中之国。

绕过这个由米开朗琪罗设计的著名的广场，就是梵蒂冈博物馆，像卢浮宫、大都会艺术博物馆和冬宫博物馆一样，它也是世界上最著名的博物馆之一，最大的博物馆之一，它也和世界性的博物馆一样，可以凭当天的参观牌子进出博物馆。它与其他博物馆的不同之处大概就是，只要你走进去，满眼看到的就是《圣经》上的故事和人，十字架和圣徒背后沉重的金环，耶稣带着荆棘的脸无穷无尽地出现在每个角落，木板上、湿壁画上、油画上、大理石上、织物上、纸上、青铜上、石头上。圣母马利亚的脸也是一样。这一对母子和他们的故事，是这个巨大的博物馆的唯一主题，任何圣徒的故事都是因他们而起。没有他们，就没有这个博物馆了。

在这里，我才相信了，在漫长的过去，欧洲要是没有宗教，也就没有艺术。野人在岩洞里画的牛不算。

无穷无尽精美的艺术品，挂在墙上，放在玻璃柜子里，立在地上，搁在座子上。在印象派画家以前的所有重要的艺术家，都加入了描写《圣经》故事的队伍里，像拉斐尔这样的孤儿，像米开朗琪罗这样的天才，像安杰利科这样的修士就不用说了，还有像达·芬奇这样的科学家，他通过探询上帝给自然制定的法则，发现自然的规律来发现上帝。多少个时代的精华人物，他们的精力、心血、理想、时间、劳动、天才，都变成了耶稣或者是圣母的脸，《圣经》或者圣徒的故事，存放在这里。这么多年，这么强大的教会，这么多献身的艺术家，如今梵蒂冈的博物馆里，怎么能不盆满钵满的，全是无价之宝呢。

从野人往岩洞的墙上画牛，到凡·高在画布上画一个神秘地蠕动着的法国乡下小教堂，这中间漫长的岁月里，所有的艺术家都画圣子和圣母的脸，谁也不能例外。所以，在梵蒂冈，可以看到圣母的脸，是怎么从单调呆板的样子，慢慢地变活泼，从结实丰满，变成灵秀纤巧的样子，时代在圣母脸上，就是这样流转变化，一百年，一百年，又一百年。但是，无论如何，圣母的脸总是年轻而圣洁。也只有年轻和圣洁这种样子，从来没有变化，是从前和现在，大家都认可的样子。只是现在再看到圣洁的圣母，看着那比蒸馏水还要纯净的样子，发现了那里面的一点点茫然和哀伤，而不再像从前的人所看到的十全十美的甜蜜了。

圣母的脸一张一张地掠过眼前，心里慢慢地领悟过来，啊，原来时代和人心还是变化了。现在没有什么著名的艺术家画圣母了。可是，到底也没有人敢像对待蒙娜丽莎那样地对待圣母的脸，十个世纪以来寄托着那么多人理想和赞美的圣洁表情，到底还是强大。

人们仰着脖子在梵蒂冈博物馆里慢慢走着。在这个博物馆里，是看不到人的力量的，虽然一切都是人的信仰创造的，但是你看到的，却是圣人头后面沉重的金环。信仰原来曾经是那样一种强大的力量啊，真让人惊奇。

人们沿着画满了画的长廊向前走，长廊越来越暗，然后看到了一扇门，那是西斯廷礼拜堂的门，是梵蒂冈博物馆的圣殿。

我记得我一走进去，就像被人猛击了一掌。西斯廷礼拜堂里，整个天棚上都是画，整个墙壁上也是画，以至于我不记得自己看到过那里有圣坛，有十字架和耶稣。当年米开朗琪罗画天棚上的《最后的审判》，花了四年时间。他一直在脚手架上弯着身体画画，等完成了以后，变成了一个驼背。拉斐尔和米开朗琪罗争画西斯廷礼拜堂，两个人反目成仇。

被神的手指点过

所有在礼拜堂里的人，都闭上了他们的嘴巴，仰着头，响亮地咽着唾沫。西斯廷礼拜堂是严禁照相的，尤其不可以使用闪光灯，但总有被这惊天动地的湿壁画击倒，不知所措的人，本能地打开照相机，从镜头里看到满满的画，胡乱地按下快门。其实，西斯廷礼拜堂是不能用任何照相机或者摄像机这样的东西传达的，它把人兜头包起来的那种气概，那满满的壁画，只有进去，才能体会到它的力量。而它的力量总是让人在慌乱之中乱按快门。在礼拜堂里的闪光灯，像人惊慌的眼睛那样忽闪着。

我记得我把自己已经仰不动了的头靠在礼拜堂的墙上，只动眼睛。

那铺天盖地的壁画。米开朗琪罗式的力量，精湛，准确，豪情万丈。

宗教和艺术，到了米开朗琪罗的时代，已经像一朵花一样怒放。此后，再也没有人能够超过他。这个西斯廷礼拜堂，就是他们的休止符。

是因为这个关系吗，梵蒂冈博物馆的参观路线，从西斯廷礼拜堂出来，就到了尾声。很多人，包括我，从西斯廷礼拜堂昏昏然地走出来，发现前面意兴阑珊，又转回头去，再进西斯廷礼拜堂。

再次走进去，心理上有了准备，脑子会动，会想自己心里的感觉到底是什么，就像小孩子伸出舌头来，一点点地试着烈酒那样。我想，西斯廷礼拜堂，就叫伟大吧。从西斯廷礼拜堂出来，人类不得不向许多自己有过的东西告别，而且我想，那是永别。永别了西斯廷礼拜堂的伟大，和圣母脸上的圣洁。

在梵蒂冈的感觉真的奇怪，人像棉线里的接头那么小，但心里的感情却那么大。

意大利的橄榄树

我认识橄榄树，是在中世纪关于《圣经》故事的油画上，他们把灰绿色的橄榄树画在木板上，画在圣母马利亚家拱廊外的院子里，画在耶稣遇见抹大拉的玛丽亚的乡野的路上，画在天堂里，上面站着白衣服的天使，他们的脸，是中世纪的严肃而呆板的圆脸，头发的式样也是中世纪僧侣的，娃娃头，像帽子一样盖在相信上帝用七天时间创造了世界的脑袋上。对于从来不曾在自己的生活中见到过橄榄树的我，橄榄树好像是和《圣经》故事一样的传说中的东西、古老的东西、和信仰在一起的遥远的东西、和天堂在一起的叶子精美的东西。只要看到白色的鸽子嘴里含着灰绿色的橄榄枝，就知道好消息要来了。在《圣经》题材的油画里没有橄榄树，会是奇怪的。在梵蒂冈博物馆里，橄榄树几乎像马利亚一样，到处都是。

在意大利中部的小城圣吉米尼亚诺，中午的时候，什么地方都关上了门，他们有几个小时的休息时间，小城里的居民都急急

安杰利科修士的湿壁画上，能看到如今仍遍布意大利的柏树和橄榄树。

ELONGAVI FVGIENS 7 MANSI INSOLITVDINE. PS. XXXXXV. C
SVRGE ACCIPE PVERVM 7 MATREM EI 7 FVGE INEGIPTVM. MACTEI. II. C.

二千多年前的橄榄树

忙忙往家里赶，意大利人家里的午饭时间，是家庭团聚的时间，色拉里有用白醋和上好的橄榄油做调味，还有热的食物，还可以喝酒。那时候，我去了城外。

长长的土路上，太阳把我的影子晒没有了。

城外的天空，是意大利妩媚的碧蓝色，绿蓝绿蓝的天色下，我看到了一大片灰绿色的矮树，像葡萄树一样长在绿色的山坡上。那绿色的山坡，也是意大利甜蜜的金绿色。在细长的灰绿色树叶里，有发亮的黑色的果实，也是细长的。它们与意大利的天和草配得最和谐、最纯洁，那就是如今生长在意大利各地棕色山坡上的橄榄树，从耶稣将要诞生的时候开始，就已经住在意大利的古老的树。

我为圣吉米尼亚诺城外的橄榄树拍了许多照片。什么都是对的，像天堂一样碧蓝的天空，乡野的土路上，草里开着白色和紫色的小花，就像耶稣经过的那条路一样，橄榄树上的叶子在明媚的阳光下一动不动，就像画里的一样，马利亚抱着小耶稣，骑在毛驴上穿过橄榄树林奔逃而去，因为罗马人知道城里有一个小男孩是圣子，要杀掉所有城里的男孩子。那幅画是安杰利科修士画的，是我最喜欢的画之一。

我总是以为《圣经》里的故事，是故事，而不是真的事。到了圣吉米尼亚诺城外的橄榄林里面，我才体会到，也许那些古老的故事都是真的。到了天色碧蓝的意大利山坡上，望着灰绿色的橄榄林起伏的土路、远处静静伫立的柏树、黄色的拱廊，才体会到，也许马利亚和耶稣真的在那里经过。时光飞逝，也许这两千年的橄榄树，是一个《圣经》故事留下的物证。

在卢浮宫的门庭里

这是全世界最大的艺术博物馆，从法国故宫成为博物馆，已经有两百多年的历史。它有一百九十八公顷，六个大馆，一百九十八个展厅，收藏着无数从十六世纪到十九世纪的珍贵的艺术品。荷兰古代的油画，中国的瓷器和玉，埃及的神像和棺木，中东地区嵌满了宝石的酒杯，古希腊的胜利女神雕像，《米洛斯的维纳斯》，以及意大利黑发的《蒙娜丽莎》。由于《蒙娜丽莎》是世界上最珍贵的油画，所以它被一个玻璃罩子罩着，放在一面感觉古老而幽暗的展厅的墙上。它的确有一种奇怪的魔力，绝大多数人，在来卢浮宫以前，就已经看到过它的印刷品，可是来到这个展厅的门口，一眼看到它，就会只看着它，向它走过去，挤在人群里，被来自全世界的各种汗气和香水味道包围，也不在乎。等离开那里，除了并不好看的蒙娜丽莎脸上的淡淡笑容，不能记得那个有着像古老卢浮宫的幽暗的展厅里，是不是还挂着其他的画。那个古老的淡淡的笑容，像洪水淹没大地一样，淹没了每一颗心。看完了《蒙娜丽莎》的人，握着卢浮宫的地图，背着日本产的照相机和摄像机，擦着脸上的汗，站在那个展厅的门口愣神。

在卢浮宫通向各个展厅的走廊里，到处能看到愣神的人，是被人创造出来的美吓住了。他们有点茫然地望着什么地方，不能肯定自己看到的东西是真的。新来的人常常嫌他们挡了路，急急忙忙地从他们前后穿过。他们就默默地让到一边去，他们知道新来的人的心情，就像他们几个小时以前一样。

他们曾经站在玻璃金字塔的入口前等开门，因为卢浮宫太大，需要时间。来参观的人差不多都这么想，所以玻璃金字塔前面的小广场到处都挤着人。那是早晨，不远处的杜乐丽花园像一个大香水瓶一样，在散发着植物和清水的芳香。小广场上的喷泉没有开，水池里静静的，映出人的脸。那里的人，单独来的，就看手里的书，大都是先买好了的关于卢浮宫的书。也有人抓紧时间写明信片，那是刚刚到巴黎的游客。不知多少人，在家乡的时候，做来巴黎的游览计划，第一项就是卢浮宫。结伴一起来的，在说话。那时细心听，能听到各种各样的语言，以让人不能置信的自然流畅，从不同的嘴唇里说了出来。常常可以勉强听懂一个词，那是卢浮宫，全世界的人都必须学着法国人。

来这里的人，都武装好了自己，背最轻的东西，穿最跟脚的便鞋，吃了饱饱的早饭，准备好了只要一开门，就不浪费每一分钟。

九点一到，大家就急急忙忙验票进去。里面是一个宽阔的大堂，有好几个入口，进去的人都先愣了愣，不知道先走哪个入口才是最经济合算的。想要看一看导游书，可刚埋下眼睛，就听得四周的人像水一样流了进去。心就慌了，抬起头来，看到许多张

1997年，卢浮宫金字塔下的入口处，长长的队伍。

脸，黑色的、白色的、棕色的和淡黄色的，像大风里秋天五色的树叶子一样，茫然、紧张而迅速地掠过去了。于是握着书，赶紧跟上他们。大家都知道自己是进了宝库，就怕自己时间不够错过了什么。那可真是紧张的时刻，无数穿了便鞋的脚迈着大步。才走了一会儿，又到了一个大楼梯下，只有皇宫才会有的精致的宽大的大理石楼梯分了两条，引向了不同的方向。大家迟疑着夺路而去，直到隐约看到前面展厅的门里巨大的油画，带着文艺复兴时期热烈的红色，才松下一口气。通常，在博物馆里你能遇见斯文的人，但不是在卢浮宫里。

人们在这时候才分散开来。在玻璃金字塔的入口处萍水相逢的人很难在墙上挂满画的宫殿里重逢。他们像一个跳水的人一样，一头扎进美不胜收的展厅里去。大多数人都会在不知不觉中走迷了路，早晨为自己安排好了的路线，计划很快就可以看到的画过了好久也没出现，到了在满眼满心的伦勃朗里，一个小小的怀疑挤出来，连自己现在在什么位置都不知道了。可又不愿意花时间找到《卢浮宫指南》上提供的路线，于是放任自己在一个个展厅里走过。很累了，也不肯停下脚步，心里想着，找到一幅值得仔细看的画，再停下来找地方坐，不浪费时间。可一幅幅画，都是值得仔细看的。这么多的画挂在一起，像老鼠落进了无边无际的米缸里。本来在别的博物馆里，可以隆重地为它空出一堵墙来的杰作，在这里满满地挂了一墙，让人喘不过气来。好不容易在安格尔的《大浴女》前停了下来，因为它是那么美，可大家都这么想，展厅中间放着的长椅子上早就坐满了人。那里的人，累得塌下了肩膀，满脸的恍惚。那是因为在几个小时里看到了那么多人间最美的创造，看得太多了。

№ 0593722
jour
mois
année
month
year
à partir de / from
30 04 97
valable / valid
nom / name
Chen
prénom / firstname
Danyan
1 jour

1997年的巴黎博物馆参观券

所有的人都坚持着要多看一点，无数的树林、无数的圣母马利亚、无数的女子、无数的《圣经》故事，从眼前掠过，记不住是谁画的，也记不住是哪个国家，它们全被混在一起。可还是不甘。但是实在是累了，从心到身体，肚子饿得已经疼了。于是去找博物馆里的咖啡馆。已经是下午了，阳光斜斜地照进了咖啡馆，桌上全是神情恍惚而不甘的人，吃蛋糕充饥，喝咖啡提神。一边回忆着自己看过的东西，一边怀疑自己错过了重要的展厅。这时候有空看指南书了，总会发现自己没看到的东西赫然在书上列着，即使是从《蒙娜丽莎》那里出来，也不行。他们脸上的不甘，就是这样来的。到卢浮宫咖啡馆喝咖啡的人，大都是为了检查自己的成绩，透一口气，坐一会儿，再去展厅。这里咖啡馆的招待，送了咖啡来，就笑笑离开，不打扰心不在焉的客人。

黄昏时，卢浮宫的地图已经在手里捏软了，跟着人流慢慢往外走，再看地图，那一个个小方块，在心里化为一排排挂满了画的墙，这时才领悟到，卢浮宫的地图不是为了指路，而是为了回忆用的。从玻璃金字塔出去，灯光把它真的照成了金色。杜乐丽的树和花散发着带着阳光气味的芬芳。看着入口处的玻璃大门被合上了，坐到喷泉下去定定神，这才觉得，原来前人留给世界这么美的东西，他们表达出了那么柔软的心灵，让人真的不能相信。

突然就被击中了

一进一进的门，深深的，墙上挂满了世界名画，那是永远看不完的。当已经累了，已经走不动了，心里盼望着赶快看完，可以心安理得地停下来休息，可以放心离开博物馆。在巴黎的卢浮宫、奥赛博物馆，在罗马的国家博物馆，在纽约的大都会艺术博物馆，在圣彼得堡的冬宫博物馆和莫斯科的普希金造型艺术博物馆，在翡冷翠的乌菲齐博物馆和皮蒂宫，在慕尼黑老绘画陈列馆，柏林的博物馆岛，凡是巨大的、著名的博物馆，都总是看到那一进，一进，又一进的深深的展厅，怀着盼望早点顺利结束的心情。

突然，就被击中了。

其实，这是什么意思呢？根本也没有人逼着我进博物馆去的，每次都是自己冲进去的，但心里还是怕进。

已经到了这地方，怎么能不看呢？

已经进去了，怎么能不好好看呢？

已经看了，怎么能不看完呢？

卢浮宫里一幅不出名的画，那孩子的脸在一刹那，让我想起我自己的孩子，她独自住在寄宿幼儿园里，那一年她三岁。

每次我都想起来，一个快饿死的人，突然有了一顿大餐，大吃一顿，就被撑死了，本来那人倒不至于死得那么快。每次在博物馆展厅的门口，以为就要到头了，但出现在眼前的，居然又是这样深深的一长排展厅，我就这么想起来，心里就说：“我快死了。”

但是没有一次够胆子掉头而去。这一定是与比自己大十二岁的同学们一起读中文系的时候，锻炼出来的耐心，坚持和不肯放弃。一间，一间，又一间，走着，看着，像机器一样。全看完了，路过小卖部，还要进去，把自己喜欢的画的明信片买回家。当时一边买，一边算可以写信给张三、李四、王五、赵六，然而最后，大多数画的明信片还是留在了自己的抽屉里，有时翻出来，在地毯上排了一行又一行，将那些博物馆重新想起来，这才发现居然有点想念。

索引卡片 1

- 巴黎卢浮宫《我的旅行方式》
- 维也纳美泉宫《樱桃树下爱与弗》
- 维也纳巴洛克宫殿《樱桃树下爱与弗》
- 纽约大都会艺术博物馆《跟屁虫进行曲》
- 比卡内尔皇宫博物馆《我的旅行哲学》
- 都柏林爱尔兰国家美术馆《我的旅行哲学》

图集二

临摹者

◆ 在博物馆里的临摹者一直都是我羡慕的对象，那种宁静是细微地与最好的艺术品相处的方式。

2001 年 5 月　维也纳艺术史博物馆

希腊石像

1992年的春天，我第一次到欧洲，那时住的第一个城市，是慕尼黑。它的蓝天真的是蓝到让人无话可说的地步，蓝得让人能突然就伤了心。到慕尼黑的最初的礼拜日，我去老城闲逛，满心都是对这巴洛克风格城市的陌生，还有因为陌生而起的感伤。

手里握着一张地图，沿着卡尔斯广场往外走，看到了一些教堂，又看到一些老房子，在一个穿着黑大衣的女人的指点下，走过一片草地和树林，路过一个奔驰汽车的门市店，就看到了那黑大衣女人告诉我的博物馆区，一个旅游者在商店都关了门的时候去博物馆，真是天经地义。我选了一栋有大柱子，还有一个神庙平坦的三角顶的大房子进去，那就是我进去的第一个欧洲的博物馆：慕尼黑古代雕塑展览馆。那天，展览馆正好免费开放，白色的石阶上，希腊石像旁三三两两地坐着些学生在晒太阳。

那展览馆，外面是浅黄色的大石块的墙，里面是细细的红砖砌起来的，没有像玛利亚广场附近的那些巴洛克教堂那样金碧辉

慕尼黑古代雕塑展览馆

煌，带着古代人的单纯和刚健。展厅里所有的雕像，都是从爱琴海岛上的一个神庙里搬来的。

那是我第一次看到真正的希腊石像，在一个有个拱顶的大厅里，从顶上的圆洞里，一筒明亮的天光洒到石像的肩上和腿上，它的裸体上散发着年轻男人皮肤那样的光泽，然而，那其实是古老的大理石散发出来的光。石像是个强健的年轻男人，脸上就像古代人那样的庄严和天真，而嘴唇则是很灵活好动的样子，就是鼻子没有了，破损的鼻子上露出了粗砺的石头。走近了看，能看到他大腿上隆起的血管、突起的膝盖骨头，还有脚趾上的指甲。就像一个真的人一样，然而他是一个石像。

古代的希腊人，男人和女人的身体都很高大、很健康，而且天真，就是他们的脸上有种痛苦的神情，也是纯真。一点也没有日后艺术家的雕塑的那种纤细和奢靡的趣味，或者自以为是的痛苦不堪，以及吟风弄月的风流。希腊的石像们坦坦荡荡地裸着，并没有挑逗的意味。就是倒在地上就要死去的武士，手里握着长矛和盾牌，脸上还是带着微微的笑意，没有不甘的样子。还有那个穿着纱袍子的阿波罗神，手里奇怪地握着一把小小的竖琴，像一个理直气壮走上家里的餐桌吃饭的孩子一样，看不出当了神仙就要高高在上的骄傲。他们的脸上，就是个孩子，都有点沉思着的样子。也有长得很像苏格拉底的头，留着同样的发式，整张脸都沉浸在内心世界里，因为有点沉思的样子，所以他们都显得庄严。

虽然是石像，又是那么久远以前的古代的希腊，可是，他们还是可爱。

我像那些不怎么守规矩的人那样，偷偷地摸石像上的那些看上去那么柔软的肌肉和脸，虽然摸上去硬而且冷。有一次，被正在边上画素描的女孩子看到了，她笑着说："真的太美了，对吧？"

对啊，所以才忍也忍不住那想要摸一摸的愿望。

要到第二年，在莫斯科，见到了国民经济成就展览馆（现更名为全俄展览中心）外面的雕像大喷泉里仿照希腊诸神石像的工农雕像，才能真正体会希腊石像的可爱。也是伟岸的样子，没有了希腊石像的天真和温柔，就看出来比石头还要硬、还要冷的傲慢和粗鲁。就是轻纱的衣服再轻盈，身体再高大英武，也总是没有用。就是为石像涂了满身的金，也还是没有用。那个古代爱琴海岛上的长官，一定不会像莫斯科的斯大林那样。

我很幸运，看到的第一个欧洲的博物馆，是这些石像的博物馆，就是那么古旧的石像，还是让我感到了他们的甘甜气息。那天我有一点发晕，在展厅走了一圈，就像走在梦里那样软软的，那是我第一次看到这么多真的希腊石像，从这一天以后，我知道自己是一个希腊石像的爱好者。

慕尼黑的展览馆是个正正方方的神庙，展厅围着一个安静的四方院子，院子里的白伞下有一些桌子和凳子，让人休息，也可以买了咖啡到庭院里喝。晕晕乎乎的我，端着咖啡坐在太阳下，那庭院里静得能听见满耳朵的嗡嗡声，是阳光和神庙里寂静的声音。从外面望进展厅去，也能见到一个石像的后背，一块块肌肉，在爱琴海的大理石上生机勃勃地隆起来。人类在年轻时代，很珍爱自己芳香的身体，也很得意自己美好的身体，并不怕让别人看到，也不用自己的裸体作妖作怪。做那时候的希腊人，一定比较有尊严吧。

1996年，也是春天，到罗马的梵蒂冈博物馆楼上的雕塑馆去，

慕尼黑州立文物博物馆的镇馆之宝：《濒死的战士》。

远远地见到大门里白石头雕塑的肩、手臂或者背影，心怦怦地跳起来。在那里，我见到了拉奥孔和他的儿子们被毒蛇缠死的雕像，在我大学中文系的文艺理论课上，老师也不能跳过拉奥孔这样的例子。因为它太有名了，在它的四周，总是挤着照相的日本游客。拉奥孔和他的孩子们的脸上充满了恐惧和惊慌。拉奥孔全身每一块肌肉都因为用力挣脱毒蛇而隆起了，在他的肋骨上有偾张出来的血管网。看到那样痛苦的拉奥孔，才明白隔了四百年，在罗马，希腊石像上洋溢着的天真已经没有了。就像一个小孩子在小学时代周身会不由自主散发出的暖香，到了十岁左右，就一定会消失。公元前五百年希腊的天真和暖意，在公元前一百年的拉奥孔的石像上，已经没有了。那时的人类，已经懂得要表达像拉奥孔那样不古的痛苦。

慕尼黑1992年的春天，有大海一样的碧云天。在那个春天的一个有点无聊的礼拜天，在阿尔卑斯山脚下的地方，我遇见了爱琴海一个岛上的希腊石像，看见了有一些阳光落在石像的肩膀上，亘古不变的阳光和那公元前五百年的石像，他们是彼此认识的。

我已经忘记了，是谁帮我在雕塑馆里，和神像一起合了影，那人一定是偶尔走过我身边的参观者，但他是谁，长什么样子，都不记得了。第一次到欧洲，我很喜欢把自己放在景物里照相，证明自己真的来过这里，于是，我总是请路过我身边的人，帮我照一张相。对人说："这是自动相机，你只要把镜头里面的小黑框对着我，按下去就行了。"常有人听到相机里"叮叮"的声音就赶快住了手，我就远远地站着鼓励他说："那是我相机里的红外线在响，表示你可以拍了。"

一个人的旅行，大多数有我脸的照片，都是这么来的。

我心里一直觉得，在博物馆里照合影，与雕塑，与名画，都是愚蠢的相片。

九年以后，我在网上查到了展览馆的网站，然后发现那个网站有意思极了，我可以通过一个探头，看到三百六十度的展厅，可以自己控制远近、大小和上下，可以在显示屏上走到一间一间的展厅里面去，甚至可以去展览馆外面的庭院里。九年以前，我在那里晒过太阳，喝过咖啡，看见过瓦蓝的天上一朵一动不动的白云。那天跟着探头，我又看到了同样的士兵，还有在那里晒太阳的人，是谁坐了我当年的椅子？我隔着万水千山找着。

然后我看到了《母与子》的大理石像，她还在原来的地方，只是边上没有九年以前，穿长裙子的我。九年时间对她来说，比一秒钟还快吧，但对我来说，却是漫长的道路。

这真奇妙。

这时候，我才原谅了当年与希腊神像合影的愚蠢，它告诉我，九年以前的春天，我在那里度过半个下午。

去圣彼得堡看敦煌

就像欧洲的大博物馆一样，艾尔米塔什博物馆也是坐落在沙皇旧宫殿里的艺术博物馆，在蓝色的涅瓦河边，长长的、绿色的宫殿，房顶上站满了发黑的雕像。那是现在世界上最重要的四家艺术博物馆之一，有满坑满谷的欧洲艺术品，从中世纪画在木头神龛里的圣母像，达·芬奇，拉斐尔到鲁本斯的山林与河流，还有许多印象派的画，凡·高和高更，还有毕加索侧着脸的人像。当然也有俄国自己优秀的画作，只是不知为什么艾尔米塔什博物馆只把康定斯基的作品放在走廊里展出。展厅里也有满坑满谷埃及精美的金饰，带着多年咒语的绿色玉做的甲虫，法老的戒指，皇后装胭脂的宝盒。希腊伟岸的大理石雕像，印度被檀香熏成了黑色的木头佛像，那是些我见过的最聪明而且娇贵的，甜蜜而且纯洁的神像的脸。

像去卢浮宫的时候所见到的情形一样，入口处站满了等待参观的人，门厅里也是一样。不一样的是，买票时发现外国人需要付比当地人贵好几倍的钱，中国人在八十年代，在故宫博物院的

冬宫的庭院，当年革命的血腥之地，现在成了世界上最著名的博物馆。

售票处也做过同样的事。好像是说，这里的东西是我的，你不是我的人，想要看，就得花更多的钱。

但是，这一次我却是想要看在艾尔米塔什博物馆里的敦煌的艺术品，那是1915年奥登堡考察队到敦煌考察后带回来的雕像、经卷和画在薄绢上的唐代美丽的女菩萨。像埃及皇帝的戒指，希腊皇宫里的雕像和印度神庙里的佛像一样，敦煌的东西现在已经是俄国博物馆里重要的藏品了。

在那里的玻璃柜子里，我看到了一些画在绢上的画，那么薄的中国绢，是用至少八个世纪以前的蚕丝织起来的吧，现在它像干了的水仙的花瓣一样，泛出了微黄。绢画上画着一些裙裾飘飘的菩萨，云鬓，朱唇，黑而且长的眉毛干干净净地扬向她们的鬓角，没有一点点细而弯的眉毛的媚人。在女菩萨的脖子上，我看到了弯弯的两道褶纹，中国古代的相书上说，这样的褶纹是金银纹，暗示着她穿金戴银的命运。但她在脸上，却是一派沉静清朗，只在胸前淡淡地捏着她的兰花指。在艾尔米塔什博物馆，我见到了最泱泱大度的美丽中国人。

在尘土飞扬的敦煌石窟里，我曾听说，在敦煌研究了一辈子藏经洞绢画的中国专家，从来没有在敦煌见到过藏经洞绢画，因为它们已经全部流散到外国的博物馆里去了。最先被英国考古学家斯坦因拿走，后来被法国汉学家伯希和拿走，再后来，被日本考察队拿走，送到北京由政府存放的那些，霉烂在库房里，再剩下来的，就是这些藏在艾尔米塔什博物馆里的了。当年，奥登堡考察队在敦煌千佛洞，已经再无整卷的字画可拿，于是，他们从洞中的流沙里筛出上万件残片，将这些残片带回俄国，交由博物馆整理修复，有一幅画，是用三十五件残片拼接修复起来的。隔

丝绸上的佛像碎成了片，修复还待完成。当初奥登堡运回国的垃圾还没有清理完毕，俄罗斯的敦煌学家们还在继续工作，期待将这些画像复原。

着玻璃看那些毛笔柔和精致的笔触，在碎片相接的地方一顿，一顿，又一顿。是谁弄坏了原本那么美丽的绢画呢？也许是多年从新疆沙漠来的流沙吧，也许是战乱时匆忙的僧人吧，也许是行伍出身，因为没有文化所以只重写字的经卷、不喜画的王道士吧，听说他为斯坦因包经卷的时候，就是用的藏经洞的绢画，斯坦因见他对绢画如此轻慢，才动了用碎银子多换一些绢画的心。也许是到石窟里来避风雨的牧羊人吧，他们在洞子里烧火取暖，把洞顶上的飞天都熏黑了，也许他们拾到过一卷绢画，用它当过引火吧。现在在敦煌展览厅的玻璃柜子里见到的，是后来敦煌研究院的专家去巴黎的博物馆临摹回来的。

艾尔米塔什博物馆的敦煌艺术品陈列室，也叫奥登堡陈列室，我想那是因为，这间展室里所有的东西，都是当时的皇家科学院院士奥登堡率领考察队从敦煌带回来的。在照片上，我见到了这个清瘦的俄国人，他的面孔有种坚毅果敢的神情，戴着一顶浅色的软帽。听说杰出的考古学家的脸上都会有这样的精气神，听说这与考古学家这个职业对古文明的爱、寻找的耐心、在艰苦工作环境中锻炼出的毅力有关，听说现在艾尔米塔什博物馆继续做敦煌文物修复的专家们都认为，他是一个令人尊敬的科学家，是一个伟大的人。他在敦煌的照片就挂在陈列室的墙上，敦煌的阳光明亮而结实地照亮了他的脸。而王道士也是在敦煌的阳光下，也是在同样的胶片里，却是一个看不见肩膀的、笑容窝囊而且无力的小个子男人，甚至照亮他的阳光，都是浑浑噩噩地留在照片上。让奥登堡遇见王道士，是世界上最令人愤怒的事情之一。

到敦煌考察的那半年时间里，奥登堡考察队带回了七本对千佛洞的完整记录，对近五百个洞窟，每个洞窟都有详细的记录以及地形图；对敦煌壁画的写生和略图；对敦煌壁画从美术角度做出的详细笔记；考察队拍摄的全面记录敦煌的七百余幅照片和底片；绘制完成的八卷敦煌石窟的平面图和略图，每幅高两米，长十五米，是至今为止，敦煌最准确和完整的地形图。这些，都是一个出色的科学家的出色工作。关键是奥登堡还带回了最后一些东西，就是两百五十件敦煌雕刻、绘画和实用艺术品。它们成了艾尔米塔什博物馆的重要展品。除了那些绢画和经卷的残片，还有苦修佛泥像的头，盈尺的阿难和迦叶像，就像在敦煌石窟里见到的大雕像一样，阿难是一个秀气飘逸的小和尚，垂下细长的眼睛，微微笑着，好像想到了什么动心的事。而迦叶则蹙着眉头，苦心事佛。盈掌的菩萨浮雕像，小小的蓝衣菩萨活泼地坐在他的焰式的光环里。还有两只像狗也像是狮子的护法兽，雄赳赳地踩着地。以及描金的整块菩萨背光。在奥登堡的笔记里没有发现要拆割运走壁画和雕像，他反对破坏古文化遗存的完整性。但是，在奥登堡考察队的照片里，护法兽满身是尘地在洞窟的菩萨前站着，苦修佛的头也在一尊摇摇欲坠的泥像上，可从他们离开以后，敦煌就再也没有它们了。听说有人专门爬到原来放背光的洞窟里去找过，那块原来放菩萨背光的墙上，到现在还能看到当年刀撬的痕迹。听说敦煌研究院的专家看了在艾尔米塔什博物馆展出的菩萨背光的照片后说："原来它在这里。"是什么让一个本来不打算拿走东西的考古学家最后也伸手拿走东西，从快要被流沙封死的洞窟里撬走背光呢？奥登堡夫人解释说，考察队只是仔细地收拾了遭到破坏的，或从原处脱落的，将要永远消失的那些雕像和壁画。但是她没有说到留在洞窟墙上的刀痕。

听说敦煌研究院的专家用奥登堡的照片核对洞窟的时候，的敦煌的那件兽，这是我看到的最神气的敦煌那件兽。我想是因为它的干净，所以显出神气。这时想起在扬黄尘中的敦煌石窟中的那件兽，那种垂垂老矣的样子，令心痛起来。

确发现了1914年以后消失在煮饭的烟火里的壁画，消失在张大千刀下的壁画，消失在红卫兵锤下的雕像，消失在流民铲下的镏金的洞顶，消失在经年风沙、渗水、失修、塌方和参观者呼出的二氧化碳里的颜色、形象和菩萨的镀金的微笑。敦煌石窟的壁上，最美的，就是那些像上午蓝天上的月亮那样淡的壁画。1991年的夏天，我在敦煌石窟里，总是瞪大眼睛，紧紧盯着那淡淡的朱红色，它是菩萨飞扬的袖子，那淡淡的蓝色，是飞天因为跳舞而张开的裙子，那最淡最淡的墨色里，干燥的墙上细小的龟裂纹里，隐现着一张仕女沉静而自在的美丽的脸，贴着额花，那是在中国女子的脸上，以后再也没有见到过的愉悦而且自由的精美的神情。到2000年的夏天，当年见到那张脸的石窟已经被关闭，因为那张壁画已经完全剥落成灰了。

被奥登堡带回艾尔米塔什博物馆的阿难，干干净净地站在恒温的玻璃柜子里。能看到他身上袍子的朱砂红，还有他淡黄色领子上画着的灰绿色的叶子，他微微拧着身子，那是敦煌佛像才有的妩媚的姿势。看到他，我才明白过来，原来站在敦煌落满沙泥的佛龛边露出泥胎和草芯的阿难，其实是穿着这样华美衣服的凡心未泯的翩翩少年。

听说艾尔米塔什博物馆对奥登堡带回来的敦煌艺术品的修复工作，至今还在继续。

在艾尔米塔什博物馆的下午，是个阴沉的下午，就要下雪了。从窗上望出去，涅瓦河却仍然是令人惊奇的蓝色。这时的心情，也是有点阴沉但又安慰的心情，我想这和希腊人到希腊馆、埃及人到埃及馆的心情是一样的。上午并没有太多的人来看敦煌展室，旅游者总是冲着达·芬奇的画去。欧洲的油画永远是世界大博物

俄藏敦煌文物：菩萨的雕像。它保留了敦煌雕像的优美、朴素，还比在敦煌石窟里的雕像干净，一看即知它得到了精心的保护。

馆的主流。到了下午，陆续开始有人来看敦煌的东西，大多数脸上都浮现出惊奇的样子。他们在阿难的微笑前流连着，他们的鼻息在绢画上方的玻璃上留下了一小团白色的热气。这让我想起了我第一次在柏林埃及博物馆里见到那双纯金的鞋子时的情形。是它们，让人从大博物馆里排山倒海的欧洲名画里站起来，看到在世界的其他地方，还有如此美好的文明。

只是最好不要想起，它们是怎么离开自己的家乡的。

被俄国敦煌学家在奥登堡带回的敦煌垃圾碎片里找到、拼接、修整的丝绸的佛像长卷。

冬宫的正门走廊。

索引卡片2

- 圣彼得堡艾尔米塔什博物馆

  《去北地，再去北地》
- 伦敦大英博物馆《我的旅行方式》
- 柏林帕加马博物馆《我的旅行方式》
- 贝尔加马博物馆《我的旅行方式》
- 土耳其阿弗罗狄西亚学校遗址

  《我的旅行方式》
- 土耳其以弗所博物馆

  《捕梦之乡：〈哈扎尔辞典〉地理阅读》
- 奥斯陆弗拉姆（前进号）博物馆《北纬78°》

图集三

修整

5 18 '92

◆ 1992年5月，修整中的柏林博物馆

奥赛墙上光的影子

它长长地趴在塞纳河全是绿色梧桐树的岸边，像一个切片面包。只是它的钟塔上，长着只有火车站才有的大圆钟。1889年时，它是巴黎市中心富丽堂皇的奥赛火车站，到1986年，它成了奥赛博物馆，十九世纪欧洲最好的艺术品被放在这里，它被人称为印象主义画家的殿堂。

十九世纪，在它是一个火车站时，凡·高已经画出了他一生中最重要的作品，像是快乐，又像是痛苦地扭动着的向日葵，神秘又阴暗的小教堂，像是烧着的煤块一样的漫天大星星，还有金色田野上黑色的乌鸦，低低地盘旋，一群群的，很不祥。那是凡·高心里死亡的阴影。他离开了蒙马特高地的家，去了南方，而且在那里自杀。莫奈常常在巴黎写生，他要是沿着塞纳河走，经过他画过的巴黎圣母院，就能看到奥赛火车站了，十九世纪的火车喷着一股股白烟冲进站来，热乎乎的白烟里四周都模模糊糊的，光线也变化了。只是我们现在不能知道，莫奈画中的火车站奥赛博物馆，依稀还能见十九世纪火车站的模样，古典工业时代的华丽。

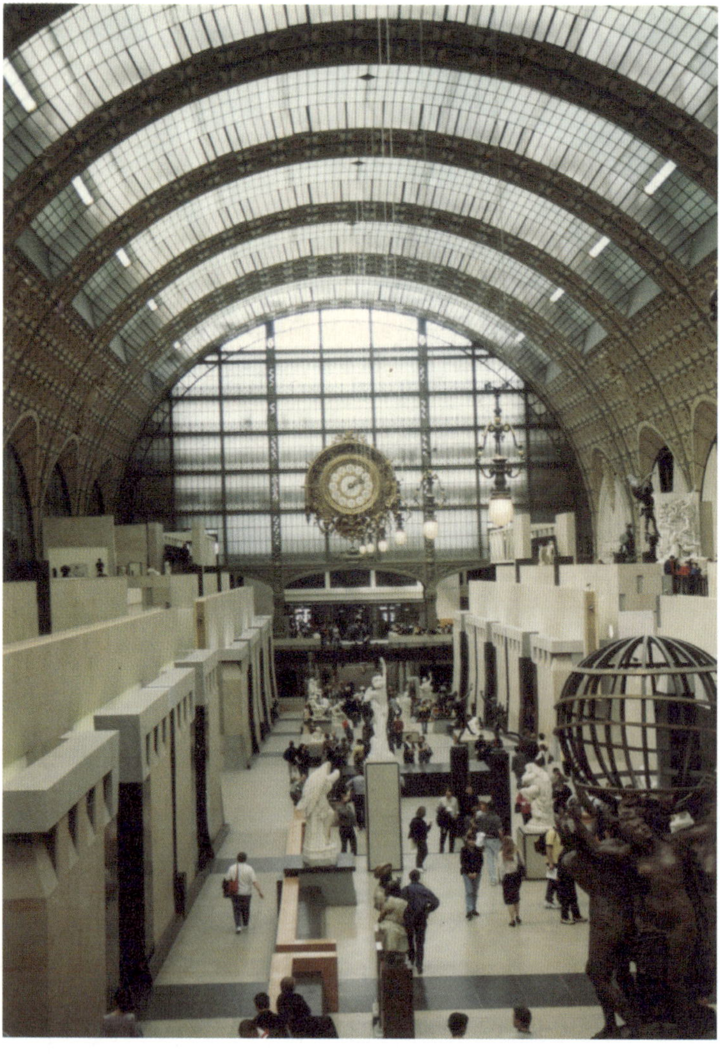

是不是有奥赛车站的影子。在那张画里，火车站的天棚也是铸铁的，蒸汽火车的白烟好像在流动，就像一个人无意中瞥到的情形。塞尚画了巴黎以外许多蓝色的湖，还有蓝绿色的湖边的树，常有一种灰色在他的画里浮现，在蓝色的天空和湖水里，在绿色的树和草坡里，像在欧洲南方的夏天，伏在炎热的阳光里的雾气。于是安宁的风景里，有一点点惆怅，清爽又温和，像一个人在很年轻的时候才有的那一种。塞尚一定很喜欢那淡淡的灰色，就连他画的果子里，都带着一点点的灰，是不华丽的青涩与新鲜。离奥赛车站不远，雷诺阿在小丘广场上画在喝啤酒的人们身上跳跃的阳光，高更带着他的行李要去热带美丽的大溪地岛，修拉觉得印象主义的用色常常有不透明的灰色，他用点彩的办法来表达光在他眼睛里真正的样子，画了海滩上撑着伞的妇人。二十世纪，当一个意大利人把它从一个旧火车站改建成精致大方、没有宫殿奢华之气的博物馆时，它成了塞纳河左岸展览十九世纪潮流的地方。

凡·高那神秘的小教堂在那里，莫奈的睡莲在那里，塞尚的湖在那里，雷诺阿胖胖的女人们在那里，罗丹白色的地狱之门在那里，埃米尔那些像筷子长短悲怆的石膏人体雕塑也在那里。那里有2300幅画，1500件雕塑。优雅的，华丽的，活泼的，带着梦里才有的变形和微微的诡异气息，那是奥赛博物馆里陈列的青春艺术风格的大床、椅子、壁炉和玻璃门厅，像印象主义一样，它是十九世纪在建筑和工艺美术上的潮流与时髦。在这个十九世纪的铸铁老式车站里，处处都是十九世纪最美的东西。这是一个已经失去了教堂的时代，没有了赞美诗的庄严和激情，像流光了水的河床露出了河底的卵石那样，露出了人丰富而渺小的心。十九世纪的美，是凡人丰富而渺小的心发出的真挚声音。对自然默默

在奥赛博物馆大厅里展出的罗丹《地狱之门》。当在另一个小展厅里看见卡米耶做的雕塑小人时，忍不住就想到他们之间的相似。可在卡米耶的小人里，能看到更多痛苦的灵魂，在罗丹做的小人里，则有更多的技术。

的感动，在命运前的坚忍和脆弱，在欲望和物质前的迷茫，在中年人那样的恍惚和感伤里混合着孩子一样火热的天真。

要先去看西斯廷礼拜堂墙上米开朗琪罗的画。在梵蒂冈，沿着木头的长廊一路走一路看天庭上的画，那些用优美的藤蔓枝条围绕起来的风景和人像，充满了文艺复兴时期的甜美气息。然后经过一个昏暗的教堂前庭，走进门去，看到的是铺天盖地的健壮的神，他们庄严的脸，凸起的肌肉，天使张开的白色翅膀，上帝和亚当的手指，从天庭到四壁、到祭坛后的末日审判，走进去的人们仰着头，虽然知道自己将会看到什么，但还是吓了一跳，比较活泼的人，就轻轻地惊叫一声。西斯廷礼拜堂里不许照相，可还是有人忍不住用闪光灯张皇地对着四周照相，那是人看到了奇迹以后，想要抓住的本能。从西斯廷礼拜堂出来的人都知道，在米开朗琪罗以后做画家，实在太难。精确地画人，准确到不画错一根鼓起的血管，雄伟地表达自然和天国，米开朗琪罗已经把能做的都做完了。像一场大雨把大地全都打湿，没剩下干的地方。然后就知道了奥赛博物馆的诚挚和倔强。沿着原来的月台和候车室，在用玻璃和铸铁条搭成的屋顶下，手里握着地图和导游书的人们，看到了十九世纪在凡·高窗前的树影和欧洲人五颜六色的心灵。

金色阳光里张着红伞的小咖啡馆，被八月的夕阳照成了红色的草垛，起伏的老街上淡棕色的老房子，阳光下在大风里飘起的白色长裙子，深夜里在街口灯火阑珊的咖啡座，坐在摇椅上出神的男子，守着一杯苦艾酒嗒然若丧的妇人，一盘十九世纪的水果，玩纸牌的人在灯下金色的侧脸，那就是留在了博物馆里的十九世纪。人们沙沙地从它们前面走过，没有人发出像在西斯廷礼拜堂那样的惊呼，可是人们都久久地站在离开画远远的地方，眯着眼睛，因为这样能看出印象主义画家笔下光线的流动，和光影里逼真的景物。在一幅叫《夏夜》的画前，有一个红色头发的老妇人站着出神，看那深绿色的大海边，银色起伏的波涛前，相拥起舞的两个女子。在沙滩的阴影里，还有一些男女的背影，他们在望着涨潮的大海，没有理会正在跳舞的人。她一定感到了在里面想要说的什么。她想到了什么？

在暮色里离开奥赛博物馆，向西堤岛去，过了巴黎圣母院，对面的小巷子里有一家喷香的越南餐馆，在桥上，望到长长的奥赛博物馆，在用比对岸的卢浮宫放松和年轻的姿势，将一身的灯光洒到塞纳河里去。

奥赛博物馆入口处

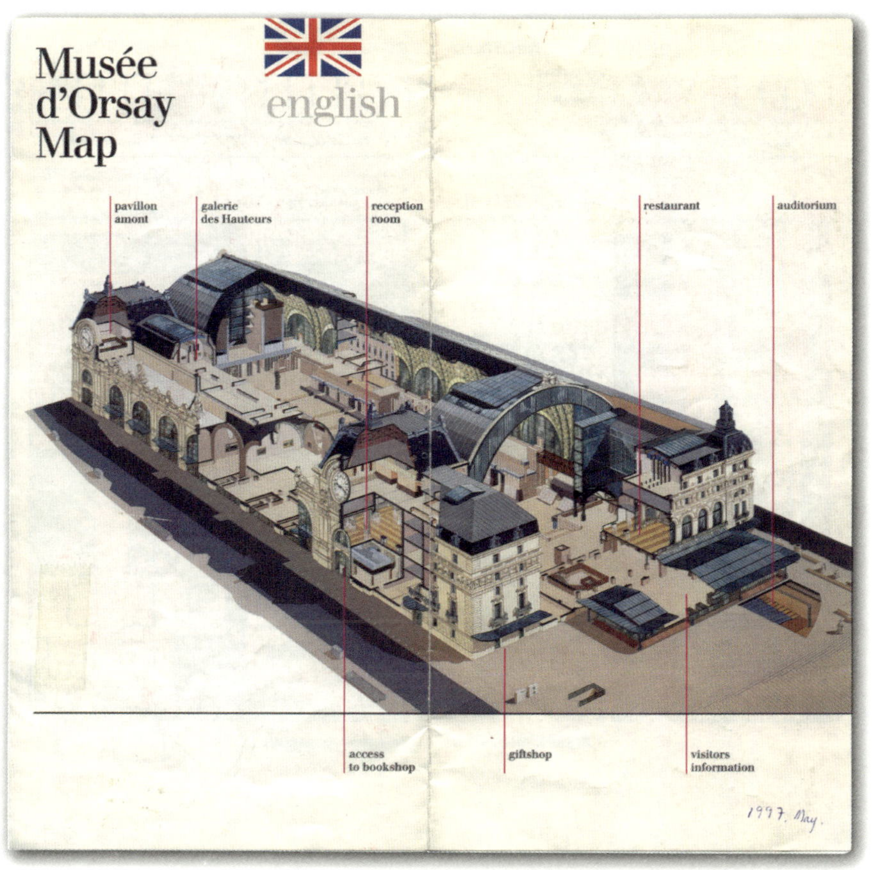

奥赛博物馆1997年参观导览图。

弗雷德里克·巴齐耶：《巴齐耶的工作室》

在奥赛博物馆采访的日本人所拍摄的照片：一个画家在展厅里临摹《雪后》的情形。在奥赛总能看到这样的情形。

面向画作沉吟的人

在奥赛博物馆时，常常看到十九世纪的日常生活，在那些印象派画家的笔下，也常能见到人间的平凡可是美好的光线：透过白色窗纱的，倒映在河面上的，透过玻璃，从一个小男孩的背后射到室内，并将他的影子在地板上拉得长长的。这个博物馆记录了十九世纪的欧洲人日常的生活，还有普通人的感情，要是在同一次旅行中，先去意大利，看罗马的梵蒂冈博物馆，看天堂、天父、天使和地狱的景象，看西斯廷礼拜堂里米开朗琪罗的《最后的审判》，天使、圣人与罪人横飞的天庭，然后，再来巴黎看奥赛博物馆，大概心里由不得生出感动：从米开朗琪罗的阴影下好容易逃出来的，是那些画了日常生活和日常生活中平凡但奇妙光线的画家。

他们用一颗凡人的心灵解释生活与自然界的光线，用这样的办法与米开朗琪罗分开。也是自己从神那里安静下来的心，表达了与看画的人几乎相同的视角，那角度，突然就让人回忆起自己

生活中的某一天，某个下午，一回头，或者一进门看到的情形。

因为这样，渐渐想到了自己。

普通的访客，到博物馆看画，要是从画面中能回忆起自己的生活，这是个不错的经历吧。对我来说就是这样。望着那孩子寂寞地站在走廊上，穿得干干净净的，无所事事的样子，那是莫奈画出来的小孩子的样子，我想起了自己的童年，找不到人玩的童年，我家的走廊尽头，排着我哥哥们脱下来的黑色回力牌球鞋，臭得要命。我家的走廊是水泥地，青青的，从房间和浴室射进来的日光，在那里躺着。

在一间陌生公寓里，看到了自己熟悉的气氛，站在这样的画前面，就会停久一点。

想一想自己，回头看一看自己身后的时间。

那些在博物馆一幅画作前沉吟着不肯离开的人，大概也是在想这样的事吧。

蓝骑士飞过夜空

从慕尼黑古代雕塑展览馆出来，向玛利亚广场的反方向走，到了寂静的街道上，就能看到一栋退在有小喷泉的庭院后面的房子，黄色的，静静的，听得见院子里一长条草地上的石头喷泉哗哗地响。那就是展出蓝骑士社绘画的伦巴赫美术馆。

伦巴赫是住在慕尼黑的一个艺术家，家境殷实，在国王广场边上有一栋自己的住宅，也收藏了一些自己喜欢的画。

蓝骑士社，是二十世纪二十年代在慕尼黑住过的画家自己组织的社团，他们画的油画大都有鲜艳的颜色、抽象的画面，带着一点变形，蓝骑士的名字，是用了中心人物康定斯基一幅画的名字。

走在伦巴赫家的房子里，看着美术馆把伦巴赫家楼上房间的墙壁也涂成了深色的宝蓝和深色的大红，还有深色的灰绿来配合蓝骑士画家们小小的油画，心里真的喜欢。我喜欢蓝色骑士，那是因为他们色彩浓烈的油画里，画的总是寻常的情形，海边，公

飞奔的蓝骑士，我总觉得那是飞奔在慕尼黑的一个我去过的坡地上，后面的山峰蓝色，像是阿尔卑斯山。那些画上的云朵，也是我见过的。这幅画，则是康定斯基本人，将它亲手挂到蓝房子的墙上，蓝骑士社的那些画家，在楼下的咖啡馆里开会，那些画家都是我喜欢的，德国的画家马克也是我喜欢的。我喜欢他们表达出来的世界里的暖意，那也是我感受到的。无论如何，还是色彩缤纷，让人不忍心舍弃。

园，巴伐利亚带着一个绿色洋葱顶小教堂的绿野，二十世纪二十年代的小镇落满了宁静阳光的街角，土耳其咖啡馆里沉思着没有脸的客人，还有房间里被风吹起来的窗帘下的摇椅。在他们的画里，总是可以看到寻常的宁静的欧洲生活，这一点像印象主义的画家，可是他们比印象主义要抽象些，教堂的塔楼像一只弯曲的手指一样柔软，小镇的街道像烤箱里的蛋糕一样隆起和开裂，而阳光总是像奶酪片一样，一片一片的。当画里的景色有一点不过分的抽象，它们就变得有一点神秘，我喜欢的就是这种微微的神秘。

伦巴赫自己并没有留下什么有名的作品放在以自己名字命名的美术馆。他留下了一些对蓝骑士社画作的收藏品。也许是因为这个，当伦巴赫去世以后，他的寡妇把房子和收藏送给慕尼黑市政厅，在这个基础上，这个二十世纪初建造的黄房子就渐渐成了收藏蓝骑士社画作的小博物馆。伦巴赫就是这样和蓝骑士们联系在一起了。

慢慢地在伦巴赫家的房子里，在那些宝蓝色或者酒红色墙壁的房间里走来走去，才能体会出它们之间的恰如其分。这房子带着一个不大但是精美，可是又本分的庭院，朝着庭院的露台又大又宽敞，5月的下午晒太阳，7月的黄昏把酒消磨，在落叶以后的秋天遥遥望着树林后面的希腊神庙式的雕塑馆，那都是蓝骑士时代的生活方式，往那个大露台上站一下，或者坐一下，就把那能把教堂的塔楼画得像一只手指似的时代想象出来了。带着这样的意念，再接着去别的房间，从房间的窗口望出去，看到那被常春藤爬满了的石头喷泉在流水，再转眼看到奥古斯特·马克画的匆匆一闪而过的女孩子们在阳光里自在的脸，那一刻，真是让人感到，这房子，这些景象，这些世纪初的日子，它们还全都是活生生的，就是那些蓝骑士已经不见了，在他们的油画里留着他们有一点浪漫而感伤，有一点神秘但单纯，有一点颓唐却倔强，有一点放任自流也自由自在的气息，他们都已经被时间带去了天堂。还并不太累，就参观完了，到一楼去小卖部，那里可以买到印刷精良的印刷品，也有喷香的咖啡和小点心，可以坐下来，好好地休息。这是一个精美的小美术馆。

现在他们的脸只能在一楼的一间小房间里看到，而且是用连摸都摸不到的激光，再现了他们的脸。克利、马克、雅夫伦斯基、康定斯基、穆特，他们都不是轻松的、得志的脸。

并没有多少人把他们说成大师，倒是许多人不喜欢他们，特别是专制的人。德国法西斯上台的时候也烧了不少德国的书和画，他们把蓝骑士的不少画都烧了，包括马克画的那些一闪而过、让人惆怅的女孩子，还有康定斯基的画，他们给的罪名是那些画不健康向上。圣彼得堡的艾尔米塔什博物馆，把俄国画家康定斯基的画放在一处偏僻的走廊里展出，连一间小展厅都不愿意给自己国家最著名的抽象主义画家，更不用说为了适合他的颜色，把展室的墙壁涂成能够烘托他的颜色。这就是想象自己会在一个漆黑的暗夜里，裹着一身蓝色骑马飞奔在树梢上的蓝骑士们的命运。

只是，喜欢他们的人，都会真心地喜欢他们，要是见到一个也喜欢蓝骑士的人，就能彼此做朋友。蓝骑士社的作品并不多，彼此说着自己喜欢哪一幅画，大概就了解了对方是怎样情趣的一个人。所以，从底楼出去，还要在庭院里流连，或者还要坐在被太阳晒暖了的台阶上享受庭院和悦目的黄墙的人们，使得伦巴赫美术馆总有种别的博物馆所难得的亲切和个别。比起来，像纽约大都会艺术博物馆、卢浮宫那样的大博物馆，倒很像是一个巨大的百货店那样的嘈杂了。

首次见到它，是在二十世纪八十年代的一本印刷粗劣的杂志封底，在伦巴赫美术馆的展厅里，真的见到它，心里竟然是无论怎样都不能压抑的失望。这就是想象和真实之间要经过的缺口。

1992年，科隆路德维希博物馆
出口的明信片

康定斯基在走廊里

每次去慕尼黑，都要去伦巴赫美术馆看康定斯基和蓝骑士的画，像看老朋友，看到灿烂的人和物，慢慢地在那里走过，心里会舒服。这样的感受怕是十分的不专业吧。

1993年，从德国去了波兰，又从波兰去了俄罗斯，那大雪纷飞的冬天，去了冬宫，看世界上最美丽的博物馆，冬宫在我心里，比卢浮宫要美多了，从上午到黄昏，眼前掠过无数珍宝，大师的遗作在那里永垂不朽着。在楼上，有一大间专门开出来的房间，陈列着热爱艺术的俄罗斯富商从法国买来的许多印象派原作，莫奈的、凡·高的、塞尚的，从来还没想到过，在风雪交加的俄罗斯，还有这样轻快的灰蓝色的法兰西情调的原画。

走到走廊里，准备从那里下楼，发现那里竟然也挂着一些画，一些明亮灿烂的画，然后，才发现这些画都是康定斯基画的，康定斯基的作品被他故乡最重要的博物馆排在走廊里。

在走廊里暗淡简陋的灯光下，康定斯基强烈的颜色，还有在欢快中单纯的情绪，在静静地、不屈地散发出来。是在那个走廊里，我看出来康定斯基画里那些俄罗斯民间艺术的元素，虽然他总是住在故乡以外的地方，但他故乡给他的颜色、传说、民谣、文字，还有食物的特别气息，都在他的画里散发出来。

但是，他故乡的最重要的博物馆，还是把他最好的作品挂在走廊里。

为什么呢?

为什么要把在慕尼黑可以有一个专门的纪念博物馆的俄罗斯画家，自己民族的珍宝，要把他的画挂在一条走廊里?艾尔米塔什博物馆是有上千间富丽堂皇大房间的巨型宫殿，但是没有一间是给康定斯基的房间。

有的国家，就是这样对待自己最出色的艺术家的。

那个属于蒙马特的人

曾经不幸的郁特里洛，就是那个属于蒙马特的人。尽管那么多画家在蒙马特高地住过，画过那些磨房和小丘，穷困潦倒但激情荡漾的人们，那么多有名的画家，甚至莫迪利亚尼都死在蒙马特小巷子里的一间屋里面，但是，真正和蒙马特高地血肉不分的画家，我猜，大概只有郁特里洛一个人。这是在蒙马特高地博物馆的小电影间里看电影的时候，我想到的。小电影间里没有几个人，散漫地坐在椅子上。关于蒙马特高地的纪录片，介绍的是聚集着自由艺术家的那段辉煌的历史，郁特里洛画的蒙马特街道、教堂、房子，处处都是，总是从他的画面渐渐地化入现在的街道和房子，看到后来，好像我在跟着郁特里洛去画画一样，那个疯子，穷人、酒鬼、赌徒，不可救药的人，这么多住过蒙马特的画家，毕加索、凡·高、雷诺阿、达利，这么多人里竟然只有他，那最不入流的，才画出了蒙马特让人痛惜的诗意。那才是蒙马特的本色。这本是个目睹天才在暗夜里闪闪发光的伤心地方，不是

现在郁特里洛的画，成了蒙马特高地朝圣印象派的漫游指南。

寻欢作乐的地方，相比起来，雷诺阿光影流离的画面真的太乡气。只是，上帝发了慈悲，郁特里洛终于和一个可人儿结了婚，下山到巴黎市区的好房子里住，过上了体面人的生活，他的画广受喜爱，悲剧变成喜剧，像在蒙马特邻居毕加索和达利身上发生的奇迹一样，但是，他再也没有画出一幅好画。说起来，真是让人伤心。

等从小电影间里出来，在博物馆那栋莫里哀时代的老房子里参观，看到那些画家聚集在此，连海明威也来凑过热闹的金色时代用过的桌椅家什，还有一间屋里陈列着的，都是画红磨房夜总会里康康舞女的瘸子画的海报。哪里都没有陈列郁特里洛用过的东西，那时候他正走投无路，在高地不体面的地方流连。有谁会注意收集他的东西呢，连他自己也没有想到会功成名就。也许就是因为没想过功成名就，他像无知的孩子一样被生活带坏了，而早就野心勃勃的毕加索，则早早练就一身对完美生活的抵抗力。但是，大概也可以说，郁特里洛一辈子都怀着一颗单纯不设防的心，开始的时候没有想过自己能成功，后来没想过自己能永葆艺术青春。他那一辈子总是犯着错误，就是画一个在阴沉的春天里白色的小教堂，我想他画的就是小丘广场附近的那间小教堂，现在它还是白色的，郁特里洛也只是画它站在肮脏泥地上的洁白、无辜和温柔，也画它站在街角的本分、恬静和日常，一点也看不出他对它的依赖和所求。当时他画的画根本卖不掉，可是他却画了上千张的蒙马特，他出生、长大、沉沦的地方，他的故乡。我只是奇怪，是谁那么有心计地为他保留了所有的画呢？让它们终于卖得一个好价钱。

博物馆里的东西马上就看完了，但是在阴沉的下午，就是不

我猜想这就是郁特里洛时代的路玫瑰 café。绿色的木百叶窗至今还靠在粉红色的墙上。为什么一个人度过了痛苦生活的地方，会在这个人的心中倒映出那样感人的温暖呢？这真是个问题。

八方来的人，却都能认出他画过的地方，都愿意也在他当年作画的视角处停下脚步来，用自己的眼睛去感觉他的心情和他的时代

愿意马上离开温暖的房子。我站在老式的木头窗子前面望着院子，院子里有一个小小的葡萄园，这也是郁特里洛画过的房子吧，也是阴沉的天色，普通的房子，没有发芽的树像等人一样，统统长成了期待的样子。在他的画里一点也看不出疯子的激情，那时候他其实正是精神错乱的时候，像疯子通常做的那样蓬头垢面地在街上踯躅，就是在那样的时候，凡·高已经把漫天的星光都画成了像扭曲的拖把那样了，而郁特里洛还是没有忘记画一根歪了的木头栅栏，也没有忘记画上那些淡绿色的和白色的百叶窗，像房子原来就有的那样。他心里的世界还是温柔而均衡的，只是有点凉咖啡那样的感伤。望着如今还是普通的院落，亲切的感受像浮到凉咖啡面上的牛奶，那样星星点点地浮在心里。

4月的时候，巴黎和上海有很相似的阴沉的天气，动不动就下点小雨，空气里都是湿意。蒙马特高地上，弯曲起伏的巷子和看上去不怎么结实的老房子，处处散发着郁特里洛的心绪。他气质上比凡·高要弱，那种感伤接近一个失望的孩子，那孩子刚刚被爸爸痛打过，独自待着。那种感受，是伤心的，也是大松了一口气的，还是自怜的，但也总是相跟着，不弃不离。跟着郁特里洛的画去看蒙马特，就像那孩子在泪眼婆娑中望到的亲爱的世界。

只是这里爱好印象派画的旅游者太多，从奥赛博物馆出来，旅行社的大巴士直接就奔来这里，带他们去找在奥赛墙上看到过的风车。然后，他们中的大多数人，要去山底下大街上的红磨房夜总会看康康舞表演。他们像太多的糖一样，弄坏了咖啡的味道。但只要离开他们，就立刻好了。

经过当年达利住过的房子——现在是他的故居博物馆——就看到白色的石阶下，有一个小咖啡馆寂寞地关着门。那就是郁那白色的，长长的石阶，其实四周很有些洁白的，或者因为浅浅的污迹而更显得洁白的墙壁和街路，这个终日活在肮脏地方的人，心里特别盼望着像他那样纯洁的地方吧。

郁特里洛生在这里，住在这里，甚至住进现在已成为蒙马特博物馆的房子。然而，在去世后特意埋回蒙马特的小公墓，回到真正属于他的地方。他亦是一个有归宿的人啊。

特里洛当年画石阶的地方。长长的、白色的石阶，带着小孩子的那种单纯的惆怅和无聊，长长的、长长的，一直通到灰蓝色的天那里。郁特里洛是没有老师教过的画家，顶多他妈妈教了教他怎么拿笔，可他妈妈自己也是个由蒙马特画家的模特儿半路出家的画家，不晓得会多少。他自己那时百无一用，还没有爸爸，他妈妈因为不知道拿他怎么办好，才硬让他画画收心的。所以他画的白石头台阶，带着从自己的眼睛里看到的世界的样子。就像什么样子的水，就会有什么样的倒影一样，从什么样的画面，也可以摸到这画画的人有颗什么样的心。通过一些画，去默默地触摸一颗心，那是看画时最美好的经历吧，只是像郁特里洛那样痛苦可是又甘甜的心，世界上不多。通过一些房子和街道，去体会这样的心是怎么跳动的，怎么感受的，那一定是在蒙马特的街道上散步时最难得的收获，郁特里洛从来没有恨过蒙马特，现在，蒙马特明白该是宠爱他的时候了，所以，在那个小博物馆的电影间里，郁特里洛的画像上帝的手指一样，点化了那里的街道、房子和树，今天的蒙马特终于明白过来，只有郁特里洛才配得上。

你会爱上郁特里洛这样的人吗

是他，是他，还是他，郁特里洛到底是怎样的人？莫迪利亚尼在蒙马特画过许多朋友，都是流连在蒙马特小巷和在小咖啡馆里取暖或者高谈阔论的人，要不就是今天顾不了明天的那种人，差不多就是想象中郁特里洛那种人，那种柔弱得无法把自己驾驭着走向成功人生的人，那种总是把自己的一份生活弄得乱七八糟的人。但他们不好看的脸上，都有一种孩子那样温顺而固执的、放任而乖巧的表情。那是我想象中郁特里洛的表情，下一分钟，这样的脸大概会变得无耻、肮脏、穷愁，但它们像窗帘一样遮住了室内的景色，我永远都知道，那孩子的表情会在。到他更老，江郎才尽的时候，也不会消失的吧。

后来，我知道红衣服的那个人是莫迪利亚尼为自己画的像。那另外两个人，会有一个就是郁特里洛吧。

很不应该地想过，也许这是无聊的想法，我想过，我会爱上郁特里洛这样的人吗？要是我遇见他。端详着莫迪利亚尼画的黑衣男人，我问自己，既然他有那么一颗甘美的心，像被施了魔咒，变成了野兽的故事里的那样。想过，又想过，明白自己不会。

意大利酒瓶子的智慧

意大利的博洛尼亚，是一个充满了起伏窄街，黄墙上装着老旧的狮子头泉水口，还有砖石方场边上的小博物馆的城市。它也是个很意大利式的老城市，山顶上有一个漂亮的圣母教堂，老城外有一个十二世纪的石头修道院，里面有静谧的拱廊，当年是僧侣们踱步静思的庭院。米开朗琪罗在这里做过雕像，莫扎特在这里演奏过音乐，拉斐尔也曾受到博洛尼亚贵族的邀请，在这里住过。但丁在被美第奇家族放逐出翡冷翠以后，在意大利各地彷徨，也曾租了博洛尼亚老城某一处的老房子住。在意大利的历史书上，博洛尼亚的名字虽然不像罗马和翡冷翠那样光芒四射，博洛尼亚是像花下的叶子，夜空里的星星，或者是比萨饼上的番茄酱那样的一个地方。

博洛尼亚的早上，菜市场开张也像上海的一样早，卖菜的小贩子也都大声吆喝着，因为我听不懂意大利话，所以在睡意蒙眬中，总是以为自己还是在上海，家里人在唱机里听意大利歌剧，博洛尼亚人的大嗓子，全都像帕瓦罗蒂一样洪亮和抒情。黑眼睛的大胖子在南方运来的那不勒斯大橘子、大番茄前，高高兴兴地唱着男高音："来看看这样新鲜的大橘子啊，还有这样大的红番茄哦。"

我从自己的床上跳起来，看到的是两扇又窄又长的木头百叶窗，阳光像刀一样从窗缝里切进来，然后，我看到昨晚上睡觉前向旅店主人要的一瓶子水放在宽大的木头窗台上，为了要夜里喝的水，我学会了一句意大利话："请给我一瓶带气的水。"

推开百叶窗，阳光杀下来，窄街对面的房子是古老的意大利黄，拱门里的墙壁上有一个狮子头浮雕，狮子的嘴里潺潺地流着一条清水，有一个棕发的年轻姑娘在那里洗一个番茄。狮子头边上是一家咖啡店，散出卡布奇诺酸酸的香气，还有新出炉的小面包甜甜的暖气。在那里站着吃了早餐的街坊，临出门时高声向老板和老板娘道再见："再见，再见。"他们用意大利人温暖的殷勤和欢快的态度大声说。那个棕发的姑娘一路离开墙上的泉水，一路咬破了那只柔软的南方的红番茄。

博洛尼亚的晚上，在有展览的时候，总有好多老城里的老房子突然灯火通明，那是来博洛尼亚办展览的大公司借了当地贵族的宅邸开晚会，款待自己的客人。

那些优美的庭院里，喷泉哗哗地响着，高大的古老的木门打开了，高高吊在门上的风灯照亮了门上的大铜钉子。端着一杯酒，四处看着，深红色富丽堂皇的客厅里，挂着古人的肖像，摆着做工精良、风格温厚的家具，也不知道当年拉斐尔为博洛尼亚贵族画家族肖像的时候，是不是也到过这个客厅里。当年的贵族大多已经衰落了，后代住不起这样的大房子，也供不起这样的房子，于是，他们平时就把祖宅关起来，要是有机会，就租出去一晚上，用租金维持房子。

现在到博洛尼亚去的人，要是参加过在老宅子里的晚会，总不容易忘记那里殷实温文，不像翡冷翠那样奢侈，也不像罗马那样霸气的老宅子。把着一杯干邑酒，在春风沉醉的晚上，从老宅子细砖密密铺起来的楼梯上走下去，下面是长着柠檬树和柏树的庭院，那里有轻轻的笑声传来，跟在撞在石头上的水声里，意大利圣吉米尼亚诺出产的干邑酒在舌上涩涩地香醒了所有的味蕾，立刻就感到浮生之乐醺醺拂面，这是在意大利常常也能感受到的醉意。

在博洛尼亚，就是可以这样清秀而且清洁地醉着生，梦着死。

在这城里的博物馆里，长久地展出一个不那么出名的博洛尼亚画家一生的画作。到博洛尼亚来的人，常常也会一次一次地去看他的展览。路过竖立着海神雕像的喷泉，走上长长的细砖楼梯和一弯一弯砖红色的拱窗，听着自己的鞋跟在高高拱顶上回荡着，心里记起了那些静静的瓶子。

那个画家，叫什么？已经不记得。不是米开朗琪罗，不是达·芬奇，不是波提切利，不是卡拉瓦乔，不是提香，也不是拉斐尔，是在这么响的名字里让人总也记不住的意大利名字。这个人，他一生在博洛尼亚住，一生就画那么几个玻璃瓶子，装冰酒的，装果汁的，还有装葡萄酒的，那个最小的，也许是装番茄沙司的，还是过去的老式瓶子。安安静静的玻璃瓶子，在不同的光线下，不同颜色的背景下，在一个人渐渐老去，渐渐平静下来的几十年里，表达着它们的安然、自爱、希望和欲望，小小的迷醉与克己的安分，以及在岁月流逝中不能言喻的欣喜与嗒然若丧。

不是上帝，圣母，耶稣，天使，最后的晚餐，和世界的末日，也不是从海里诞生的维纳斯，也不是圣家族，或者是欧罗巴的被劫，都不是，而是一些用过的瓶子，瓶子里装着整整一个博洛尼亚人微醺的生活，和一个心思清明的人对自己生活亲昵的爱恋。

靴子形状的意大利，有多少宏伟的东西可以看，多少的米开朗琪罗，多少的奥古斯都，还有一条当年耶稣走过的苦路。但是走在联合方场一侧的博洛尼亚博物馆里，一幅幅地，细细看着那些每个人的日常生活里都少不了的玻璃瓶子，渐渐地就想起来日子里那些点点滴滴的事，就为那一颗瓶子里面总是安适的心感动起来，能在米开朗琪罗的身边画一辈子坛坛罐罐，需要有一颗多么自珍而明白的心，需要有一些对那春风沉醉晚上的深深的欣赏和单纯的爱。在罗马的西斯廷礼拜堂，米开朗琪罗画了满壁满顶的世界末日审判图，等画完了西斯廷礼拜堂里的世界末日审判，米开朗琪罗的身体也变得畸形了。那是世界文化的至宝。所有走进西斯廷礼拜堂的人，都惊呼一声，以后就默默仰着头看。那时我的第一个念头，是怜悯地想起我那些雄心壮志的画家朋友，要是他们到西斯廷礼拜堂来，仰起头来，心里一定是想过自杀的吧。

所以，博洛尼亚博物馆里的瓶子，是意大利人的骄傲。晚上我回到旅店里，遇到别的房客，听说我去了博物馆，都笑着说："看到那些瓶子了吧？他画得多么好。"

博洛尼亚是南欧颓唐而迷人的小城，中午时分，金色如蜜的阳光厚厚地涂满了老旧的街道，那些蓝色的门，绿色的门，黄色的墙，红棕色的瓦，金色的大橘子，全都沐浴在金蜜色的阳光里，阳光晒到了每一颗狮子头里流下来的泉水，每一颗都像钻石一样闪闪发光。窄窄的街道上，到处能闻到小餐馆炸面拖茄子的香味，

museo Morandi
Bologna
STAGIONI : la primavera
Amici del
Museo Morandi

还有新出炉的比萨饼的焦香，白色的帆布大伞下，人们把着手里的红色干邑酒，脸上浮着笑容。中午波罗尼亚有漫长的午休时间，商店都关了门，银行和邮局也下班，大家要回家去，合家吃一顿热的大餐，所以中午喝点红酒也很应该。

中午在街角咖啡馆里端着白色小杯子喝咖啡的，大多是旅游的人，没有地方可以去，就在咖啡馆里喝咖啡，看电视里的肥皂剧，带着点妒忌，想象着博洛尼亚人这会儿正在家里的大桌子前，腿上搭着绣花的白麻布餐巾，吃美味的意大利方饺子，托斯卡纳烟熏火腿，还有轻盐的黑橄榄。

这是个能一辈子画瓶子的城市，所以不画瓶子的米开朗琪罗和拉斐尔都只是路过它，他们是另外一种意大利人。

中午的阳光下，空无一人的街道，空气里意大利食物和咖啡的味道一丝丝地飘荡着，教堂为正午的十二点敲了钟，天主教堂的钟声响彻蓝天，看到蔷薇花和叶子留在墙上的阴影，就会想象到那阳光是多么明亮，那天空是多么蓝。

这时候的心情，真是自由和寂寞。想一想，别人都回家了，在这阳光灿烂的中午，但我一个人，随便到什么地方去，四处走着，因为没有地方可以去。

博洛尼亚的一个午后

四处走着，总听到老街上的石头狮子喷泉哗哗的水声。还总听到有人砰地关上汽车门，啪啪地走了几步，然后咔嗒一声，有扇门在他的身后关上了。然后，我走进一个开着门的院落，静静的院子里种着满墙的红蔷薇，从关着的窗里，传来隐约的音乐声，是收音机里的午间音乐节目吧，因为不一会儿，就有一个柔和的女声在欢快地讲着意大利话，是用意大利女人灵巧的大嘴巴说出来的。然后，音乐又响起来。

院子里也有一个小小的旧喷泉，安在墙里的，是个怪兽的头，从它的嘴里流出一细条清水，喷泉上和它周围的石头墙上长着青苔，但被阳光晒得半干了。那是十八世纪的石头呢，还是十五世纪的石头？

一个人，站在一个开着蔷薇的意大利院子里，猜想那关着的窗里，是谁在画喝完了酒的空酒瓶子呢？

意大利某个中午，别人家的瓶子。

索引卡片3

◆ 莫斯科现代艺术博物馆

《去北地，再去北地》

◆ 维也纳分离派博物馆《樱桃树下爱与弗》

图集四

博物馆的体贴

◆ 2002年，维也纳席勒色情画作特展，展厅特地将灯光调暗，只留聚光灯照亮画作，免得观众彼此面面相觑

MUSEUM

Museumsplatz 1, A-1070 Wien
T: +43 / 1 / 525 70-0 F: +43 / 1 / 525 70-1500
E: leopoldmuseum@leopoldmuseum.org
www.leopoldmuseum.org

gon Schiele

Anton Kolig

Novell

晴朗的一天

在我三十二岁的四月，在日本的长崎住过几天。那时正是樱花怒放的时节，日本的报纸上天天像报告天气那样，报告着日本各地樱花的花汛。黑色树干，粉色的脆弱花朵，花瓣像雪一样地迎风飘下，树下的日本人喝着清酒，吃着寿司，沐浴着清香的落英，享受着日本人所钟爱的对美丽与哀伤交织的情绪。

这是一年里面最日本的日子。所以，请我去日本的出版社，刻意选择了四月，让我看到一个有樱花的日本。樱花开放的季节，一年里只有短短的几天，在我离开日本的那天早上，长崎小巷子口上的老樱花树已经满树新绿，老树下，日本人精巧的小庭院里，也已经把落英打扫得干干净净。那样的老式院子里，有干净的木板屋，晚上大家都睡在草席编的榻榻米上。睡前去厕所，那里有一口窄而深的木桶，里面盛了热水，将自己的身体在外面洗干净以后，坐到木桶里去泡一泡。热水很烫，皮肤都好像肿了起来。因为是木桶，所以热水里有着木头湿了以后的芳香。因为我是客人，按照日本人的习惯，第一个用木桶烫身体，接下来洗澡的，是这家里的男主人，孩子，最后，是女主人用。然后才倒掉。用相当热的水泡过身体，躺在厚厚的棉被里，皮肤变得娇嫩，动一下，触到了棉被的里子，都感到刺刺的。在昏暗的屋角上，有一个黑漆的神龛。

大概是因为住在一位传统的日本人家里的关系吧，那家的妈妈是开和服店的，所以我还有机会穿了日本女人的和服。很复杂的穿法，非得有人帮忙才行。穿和服时候的袜子，大脚趾和别的脚趾是分开的，方便穿木屐的关系。和服要把女人身上的曲线都遮盖住，好像是禁锢的意思，可是，又得露出脖子和脖子下面很大一片背脊，那时，我第一次在意自己的后背是否好看，好像开了窍一样，尤其紧张是不是哪里长了粉刺。穿和服有一套自己的规矩，还不是通常女子要遵守的礼貌就可以打发了的，所以穿好了和服以后，我冲口而出："我该怎么办?"连路都走不好了。

没有想到的是，我从东京开始，接触到日本自己的文化，却是在日本向西方开放得最早的港口长崎。在十六世纪，日本施行锁国政策的时候，长崎是唯一向西方打开的通道。长崎像一个日本的异数一样，默默地生活着信仰基督的人，生活着最早的混血儿，还有爱上了外国人的日本女子，长崎的墓地里，埋葬着几个世纪以来在这里去世的俄国人、荷兰人和英国人，还有葡萄牙人。

有一个下午，我去了海港旁边的小丘，那里有一个由几栋老式西洋房子组成的博物馆，原先这里是在长崎做生意的外国人的宅子，现在叫哥拉巴公园。那个十九世纪从上海来的英国人哥拉巴，在靠近海港的小丘上建造了日本最早的谣式木头房子，像在欧洲乡村中住的房子那样，有宽大的门廊，在那里可以眺望到进出海港的船。哥拉巴在日本修建了第一条铁路，建设了现代化的造船厂，他也不光是个商人，在日本人谋划推翻施行锁国政策的幕府政权时，哥拉巴是个谋士，在他的家里躲藏过叛党，他还是一个政治人物。

房子里面陈列着他家当年用过的东西，家具，书本，《圣经》，还有专门为他们做的蜡像。蜡像上穿着十九世纪欧洲人的衣服，男人穿着有V领马甲的三件套的西服，外套长长的，像是少年维特的样子，或者是《傲慢与偏见》里面的男人。女人穿着用了裙撑的蓬蓬裙，像郝思嘉一样的，把腰勒得像葡萄酒杯下面的杆子那么细。那屋子有一种假，像舞台上布景和道具的那种假。演员们在台上演戏，用得像真的一样，甚至，那些东西在生活中真的能用，但是就不能让人感到真实。哥拉巴家住了许多年的屋子，现在还是以布景的姿态，站在长崎海边的小丘上。我不知道为什么自己会有这样的感觉，由外国人建造的房子，在上海的大街小巷里也不计其数，我从小穿梭在物是人非的房子、院子和街道上，却从来不觉得自己是走在一出舞台剧里。我一生中只有一次、一个晚上穿日本的和服，但即使是那样，站在神龛前面照相，却也没有感到自己在戏里。从门廊里望出去，海湾里蓝色的水，白色的船，还有海湾上空絮云朵朵的天空，让我想起蝴蝶夫人的咏叹调，她在山坡上等待丈夫的船归来，用优美的声音唱着一个日本女子拼死追逐与金发碧眼的人的爱情，那是我青春时代特别喜爱的咏叹调，像赞美上帝那样热烈地赞美着长崎海湾上晴朗的天空。那是普契尼最美的咏叹调，写尽了东方女子飞蛾扑火式的热烈。普契尼的故事，就发生在这个面向大海的山坡上。这里蓝的大海，蓝的天空，白色的远方的船，背靠着如布景一样的英国木板房子，这里就应该是要发生悲伤的爱情故事的地方。蝴蝶夫人果然被抛弃了，一个东方女子梦想的遥远而浪漫的爱情从此结束。

站在门廊那里，要是不望大海，也是不可能的事。我不晓得当年普契尼写《蝴蝶夫人》时，是不是也来这里站过。在这里，只要望着大海，就不得不看从海平线上渐渐驶近的白色的轮船，它们越来越大，看得见飘扬在桅杆上的旗帜。即使是我这样与长崎萍水相逢的旅行者，思念的感情也因为那些碧波之上渐渐变大、或者渐渐变小的船而油然升起。我想起了那支高亢而婉转的咏叹调，在心里复习，体会着它像波浪那样浮动不宁的曲调。有多少东方女孩子的爱情梦想里曾经默默地飘扬过金色的头发？有多少东方人为此而感到愤怒与羞耻？原本，这也许只是在人种混杂的城市里总要发生的故事，但当它涉及了东方女子和西方男子，就有了微妙的醋意。浪漫的人在里面看到了梦想，沙文主义者在里面找到了优越感，民族主义者在里面感到了歧视，殖民主义者体会出了骄傲，爱情至上的人失望，而好莱坞从这里制定了亚洲女人的角色基调。

在哥拉巴公园里参观的人，好像都知道蝴蝶夫人的故事，大家都特地到这靠海的门廊里站一下，感受蝴蝶夫人的感情。我的身边总是站着人。大多数是日本的参观者，比较矮小，大多数人戴着便帽，他们也默默地望着大海。这个将樱花当成自己国花的民族，这个穿和服露出后背，长幼有序地合用一桶热水泡澡的民族，有着自己的世界观和情色观。他们纪念哥拉巴和蝴蝶夫人，对英文好的人尊敬有加。

靠近海边的庭院里，有一个由荷兰郁金香围成的花坛。那是我第一次看到欧洲小说里写到的郁金香，开在了真实的生活里面。

旁边，有一个日本旧式女子的雕像，烦琐的和服领子一层层地护着脖子，而露出了一条后背。她带着一个男孩子，向海湾里眺望。

歌剧里的蝴蝶夫人并没有孩子啊。她还没有来得及生孩子，就伤心地死去了。

这时，在哥拉巴公园的蝴蝶夫人雕像前，我才知道普契尼的歌剧是来源于一个长崎发生的真故事。但事实是，蝴蝶夫人在丈夫离开以后，独自把孩子带大，他们母子常常到这里等欧洲来的船进港。终于有一天，他们等到了亲人。这是一个幸福的故事，丈夫回到了长崎的家，和蝴蝶夫人白头到老。

虽然这是个幸福的故事，一个好故事，可讲这故事的人，和听故事的我，脸上却都有忍不住的失望。虽然我们都客气地说："这不是好结尾吗？"

"当然是好结尾。"

索引卡片4

◆ 伦敦福尔摩斯博物馆《我的旅行方式》

贝尔格莱德当代艺术馆记

一、灯光璀璨的当代艺术馆

2017，初秋，夜晚，萨瓦河与多瑙河的交汇处，平静而宽广的河上波光潋滟。

贝尔格莱德当代艺术馆就坐落在多瑙河与萨瓦河汇流的河畔。这里是二十世纪五十年代建造的新贝尔格莱德。它所在的堤岸，是新贝尔格莱德的公共空间，坐落着五六十年代建造的各种小公园，大型居民区，以及大型展览馆。河岸上的烤肉餐馆开业的时候，铁托曾来为它剪彩。

如今，河岸一侧的杨树已经长得很高。粗大的树干上，从前的南斯拉夫青年与初恋情人刻下的爱情誓言，现在都已经跟着树长得又粗又大，好像开败的玫瑰那样。河畔的小公园，到处被画满了愤怒的涂鸦。宽阔的铁托大道也已经改名为塞尔维亚诸英雄大道。板式的现代化住宅，被人称为“六武士”的六栋高大的住宅大楼，也已经陈旧了，变得阴郁而巨大。

在2017年仍留在当代馆的策展部主任佐伦·巴比奇曾告诉过我，新贝尔格莱德作为南斯拉夫社会主义联邦共和国现代首都规划的一部分，除了原共产党中央委员会大楼以及联邦政府大楼这样的行政中心之外，还有一个文化绿洲的设想——Usce。Usce公园这一片河岸的绿地，曾经被规划为一个博物馆群的所在地，除了当代艺术博物馆，还有自然和民族博物馆、革命博物馆等其他五个机构。但最后因为种种社会和经济原因，这个庞大的计划被改变了。实现这一现代主义乌托邦设计理想的只有当代馆一家，而革命博物馆的计划被废止，从未实现。

现在，这里被人称为贝尔格莱德的社会主义隔离区。

住在附近的人们仍习惯在河畔漫步，这里仍能看到新贝尔格莱德的生活方式——与老城中心不同的新生活方式，咖啡馆里的咖啡更接近家制的煮咖啡，超市里陈列着南斯拉夫时代曾风行于一代人中的甜品和巧克力品牌，甚至，在二十世纪六十年代建造的各种塔式住宅大楼旁边，能看到更多的陈旧Yugo（南斯拉夫国产品牌）车停靠在那里。

前方一片草地的中央，就是贝尔格莱德当代美术馆。要是有阳光，它乳白色的大理石墙面和大块的玻璃窗，就会像魔方一样闪闪放光，并将它的光芒射向不同的方向。

它是六十年代诞生在巴尔干地区最重要的先锋建筑，也是南斯拉夫历史上第一个为现代艺术品的陈列建造的博物馆。当年，它是欧洲最早一批为现代艺术建造的美术馆，在二十世纪结束时，它被评为欧洲二十世纪最重要的现代建筑之一。

六十年代，是南斯拉夫历史上最幸福与开放的时代，他们经历过从属于奥斯曼帝国的几个世纪，又经历过从属于奥匈帝国的几个世纪，经历了两次世界大战的血腥杀戮，终于迎来了属于自己的共和国。战后的南斯拉夫奉行的是不结盟的国策，它不加入苏联为主的社会主义阵营，也不加入美国为主的北约阵营，它宣称自己将要走出一条独立的社会主义道路，与两大阵营都保持来往，但努力融入欧洲。

五十年代，南斯拉夫开始了它的乌托邦试验。

在建筑方面，各种巴尔干式粗壮而又浪漫无羁的梦想，在南斯拉夫各地建造的纪念碑、摩天楼以及公共建筑上，展现出了它们的吉光片羽。有时它们粗壮有力，紧贴大地，有时它们又直耸云霄，带着一种爆炸般的、梦幻般的力量。它们并没有多少温柔的纤巧，但也并不令我觉得压抑。

贝尔格莱德的当代艺术馆，就是在这样的背景下开始了它的造梦。它由二战后南斯拉夫最著名的建筑师Ivan Antic（伊万·安蒂察）以及Ivanka Raspopović（伊万卡·拉斯波波维奇）设计，当时他们的现代主义风格设计，曾被质疑。但最终它还是从众多设计方案里胜出。

它建成的那一天，就成为南斯拉夫现代建筑中最重要，也是最有代表性的一个。1965年10月20日开馆的第一天，铁托夫妇与南斯拉夫最重要的艺术家们以及当代艺术的策展人们一起参加了开幕式。

不过，铁托早在建筑还在施工的时候就带着不结盟国家的领导人前来参观过，他还在工地上拍下了建筑成型中的样子。我在2016年，前往正在闭馆维修的当代馆，当代馆搭着脚手架的样子，与铁托当年拍摄的照片有着惊人的相似。在2016年，南斯拉夫共和国留下的大地已经四分五裂，成为六个不同的小国家，在那些大地上，遍布着似曾相识的情形，却充满了惆怅。

在当代馆开馆的那一天，1965年，所有的人看上去都年轻力壮，建筑的每个角落，都散发着穿新衣服似的兴高采烈，甚至那扇遮蔽阳光的百叶窗也不偏不倚地挂在窗子上。当我2016年第一次看到它时，它颓唐的样子，让我一眼就认出了它崭新时候的样子。

开幕之后的三十年里，当代馆一直是南斯拉夫时期开放的文化政策的象征和一个活跃的国际合作窗口。在当代馆的小图书馆里，我看到它三十年来举办过的各种重要的现代艺术展览，六七十年代的各种美国现代艺术展，蓬皮杜现代艺术展，等等，在我的历史知识里，这些证明了它曾经在巴尔干活跃程度的展览图册，是那个开放的社会令我难以置信的事实。

它是贝尔格莱德当之无愧的骄傲。所以，当它被迫关闭时，它也是贝尔格莱德当之无愧的溃疡。但是，塞族在塞尔维亚这块从匈牙利到保加利亚之间的故乡土地上，经历了数不尽的创伤，深重如但丁在地狱所见一般的，羞耻如亚当与夏娃被逐出时一般的，伴随着最近三十年来的国家分离，邻居相互杀戮的莫斯塔尔，萨拉热窝的罗密欧与朱丽叶故事，科索沃的东正教修道院在动乱中，开门庇护所有信仰的难民，接着，是断腕求生般惨烈的国家私有化，强大的国有企业的相继倒闭，直至国家银行关闭，这个贝尔格莱德的当代艺术馆关闭，也被人们咬着牙，忍受下来。

这个晚上，2017年的9月，当代馆墙面上的大玻璃里终于透出明亮的灯光：两周前，修复当代馆的工程队终于完成了建筑的维修工程，现在，当代馆的馆长带着一干闭馆十年来仍坚持在馆里工作的馆员，一起验收新的照明系统。

当代馆的总策展人佐伦曾对馆里的新照明系统寄予莫大的希望，他算是当代馆的老馆员了，在德国读完他的博士学位，他就进入当代馆工作，说起来，他还是当代馆的创始人普罗迪奇亲自招募来的策展人。

佐伦盼望着复馆后的第一个展览，那些在各种库房里等待了十年的作品，能得到最好的灯光衬托，能熠熠生辉，能真正作为一个贝尔格莱德开始正常生活的象征：这里的人们也能自由参观博物馆了。塞尔维亚的精神生活，在经历了那么多年痛苦的停滞后，终于又开始复苏。他并没说什么伟大的词语，他就是带着一脸理所当然的温和表情，说，我们的博物馆应该要开门，我们的藏品应该要展出。

两年来，他带着策展团队一直在准备开馆后的第一个展览——序列：南斯拉夫的现代艺术展。他向我解释过这个开馆的特展，“序列”借用的是电影胶片的计算单位，一帧画面的意思。“序列”展出的是馆藏中各个时代、各个民族创造的现代艺术品，它们每一帧都不同，但都可以彼此连接与互文，共同构成一个南斯拉夫土地上现代艺术的完整面貌。“你知道，我们展览馆的错层结构，正是最好的展示场地。”佐伦用两条手臂在胸前穿插交错，形容着错层带来的四通八达，又交错连接的空间，“这是专门为展览我们的现代艺术品建造的房子。”

佐伦告诉我这些的时候，正在当代馆的临时办公室里，我们称它小黄房子，就在铁托墓旁边的草坡上。他的办公室里堆满了各种资料和卡片，他正期待着当代馆的电力系统能如期交付使用，他只有几天时间进去布展。

如今，我看到黑暗了十年的贝尔格莱德当代美术馆，终于有了一个灯火通明的晚上。我心里算了算佐伦告诉我的日程表，此刻，德国来的团队应该正在里面日夜施工，为佐伦主持的开幕展做各种背景墙。佐伦对新工艺的背景墙也抱着巨大的希望，因为它们能更好地衬托画作。

他已经不年轻了，但当他谈起新馆的各种新工艺和新呈现的时候，眼睛里闪烁着孩子期待新玩具般热切的光。他对自己的工作，自己热爱的当代艺术，有着一种孩子对待玩具般单纯而无休止的热忱。那种神情使我觉得亲切与熟悉，那是一种知识分子对自己学问的热衷与溺爱。

也许别人觉得在雕塑公园的环绕下，一座灯火通明的美术馆是一座城市最寻常的夜景，但我却被那明亮的灯光深深触动。也许大多数人都不了解，在2017年的塞尔维亚，整个国家还在内战与分裂带来的剧痛中挣扎，最重要的博物馆都处于关闭状态，当代艺术馆能有这样一个灯光灿烂的晚上并不容易。

在那个晚上，我围着它走了一圈。它宽大方正的玻璃窗里透出那么明亮的灯光，好像是个闪闪发光的魔方。傍晚的草地散发着温暖的气味，河水也散发着初秋阳光留下的温暖水汽。这是一个十全十美的晚上。草地上围绕着当代馆的那些现代雕塑在夜色里伫立着，一动不动。从前封闭它们的木头匣子现在都已经撤除，清洗室外雕塑的工人还未完成所有的清洗，但雕塑公园已经能看到大致的样子了。

南斯拉夫时代的现代雕塑，即使在夜晚，也散发着它独特的艺术气息，不同于美国的现代雕塑，也不同于法国的现代雕塑，与它早年的不结盟政治相似，它的现代艺术也是独一无二的，但生命力强大。

佐伦曾经带我来过这里，他这样解释过南斯拉夫时代现代艺术的独特性。有趣的是，我是在南斯拉夫分崩离析，连它的博物馆都被迫关闭多年的时刻，感受到它强大的理想主义气息，那是一种在尘埃中撼动人心的力量。

这个晚上，隔着施工留下的栅栏，我看到2016年，当代馆整修，移出二楼的斯拉夫母亲的雕塑时那面打破一个大洞的墙面，如今那里已经修复如新，然后我看到入口处灯光的温柔和明亮，那里已经准备好接待参观者，不再会被愤怒的艺术家们和学习艺术的学生们放满愤怒不安的各色钟表了。

二、愤怒的钟表

2006年，贝尔格莱德当代艺术馆闭馆，开始了它漫漫无期的等待。闭馆时，第一任馆长，也是南斯拉夫最重要的现代艺术策展人普罗迪奇接受了采访，在佐伦看来，他就是自己艺术专业上的父亲，也是整个南斯拉夫现代艺术的父亲。在那次访问时，白发苍苍的普罗迪奇回忆了1965年的往事。

“我那时是一个年轻有抱负的馆长。开馆时，我见到了我们的建筑设计师Ivan Antic，他对我说：‘普罗迪奇，我真为你难过。’我以为他有什么不满意的地方，也许是展览中有什么放的位置不对。所以我就问他。他说：‘不，一切都很完美。太棒了，太世界级的工程…… 和我们的实际情况比起来还要高出那么一截…… 按照我们这个地方的重力原则，它总有一天会坠落泥潭。你将如何才能把这么好的一个大理石建筑扛在自己的肩膀上呢？’我当时以为，这不过是我认识的这位存在主义者特有的，幽暗而充满批判性的思维方式。我以为这不过是Ivan Antic，真正的Ivan Antic。但之后……要是你能回忆起那些黑暗的浪涌，对抽象艺术的抨击，以及一系列的打击，一个像这样的机构，真的困扰了很多人。”

但即使是这样，存在主义者普罗迪奇仍旧以为过两三年，当代馆会再次开放。但是，当代馆关闭了十年。这十年里，库房被多瑙河洪水淹过，收藏品不得不四下分头转移，到十年后再次清点时，闭馆时的三万多件作品只剩下了八千件。普罗迪奇最终没有等到当代馆的再次开放，他于2015年去世。

他的秘书，也是贝尔格莱德艺术大学的艺术史教授伊瑞娜，在2017年10月接到当代馆的开馆酒会请柬时，当她知道如今当代馆将普罗迪奇的名字命名了一间展厅，也并没有多解释她心中的欣喜和伤感。她只是微笑着说：“他会高兴的。”

她说，她非常期待能看到一幅她最喜爱的馆藏品：《日与夜的搏斗》。

当代艺术馆一直是塞尔维亚公众心中的创伤。尽管为期十年的闭馆维修是一个漫长的过程，但它一直没有被遗忘。2012年，在未修复完的当代馆空间里，艺术家和策展人们还举办了一个名为“当代艺术馆怎么了？”的展览。虽然当时当代馆已经关闭，但当代馆的图书馆仍旧收藏了这次展览的图册，当我2016年去察看刚刚开始整修的博物馆建筑时，在尚未修缮完毕的博物馆的墙上，我看到了最后一次展览留下的各种痕迹。

那些痕迹曾在一团寂静的博物馆巨大空间里，带给我一种倾听回音般的感受，一种惜别。是这种感受推动我了解更多南斯拉夫现代艺术的，我不知道在那些作品里，我将会触摸到一颗充满独特创造力，融贯东西方政治与文化以及宗教的塞尔维亚的心灵。

我以为我看到的是一条伤口，后来我发现我触摸到的是一颗火热的、充满创造力的心灵。

其实，当代艺术馆的遭遇只是整个国家博物馆境遇的一个例子。在米哈伊洛大公铜像后面的国家画廊已经关闭维修十年了，它是南斯拉夫时代最重要的博物馆。差不多十年的时间里，南斯拉夫时代留下的各个重要的博物馆，都因为年久失修，或者运行经费问题陆续关闭。所以，在塞尔维亚长大的二十岁左右的青年，都没有机会参观自己国家重要的博物馆。

如今那灯火通明的大门上方，那空空的门楣，就是2015年秋天悬挂开馆倒计时电子钟的地方。

当时，身为音乐家的文化部长计划逐步修复开放塞尔维亚博物馆。为了宣誓本届政府的决心与信心，或者给反对与漠视博物馆的其他政府势力更多的压力，他在两个塞尔维亚最重要的博物馆被脚手架搭起来的门楣上安置了两条电子钟，上面显示的时间，是文化部允诺修复开馆的时间。每天减少一天的倒计时方式曾给大众电子钟坏了的错觉。

2015年10月15日，文化部长在电视台的晚间新闻里宣告修复计划失败，两个馆都未能按时开馆，也无法预计开馆的时间。

10月15日那天，文化部将国家画廊和贝尔格莱德当代艺术馆门上的电子钟取了下来，这是当时文化界最令人震惊的丑闻。

艺术家们在确定开馆的当夜，在当代馆外面做了一次行为艺术活动。

女教授伊瑞娜在放钟之夜的台阶上，向她的学生们说过："当代馆开幕的时候是国家的骄傲，它是馆长们、博物馆导览、评论家、艺术家聚集的地方，这个博物馆曾经有过辉煌的命运，直到我们现在所在的这个时代降临。我们已经忘记了文化是一个国家的精髓。"

如果我们将2015年10月的晚上，放在当代美术馆门外的那些钟表，也算是一次当代艺术展览。

接下来，就是现在佐伦主持的开幕馆藏展了："序列"。

三、序列

在佐伦电脑里的策展文件包里，我看到了《醉酒之船》，塞尔维亚最重要的现代油画作品。它曾在当代美术馆展出了许多次，以它为展览海报的那张1965年的海报，在当代馆的所有办公室搬出成为危房的博物馆，来到九年前的临时办公地点，馆员们布置临时办公地点时，还是被装在镜框里，挂在走廊上。大家都衷心爱戴它，它将一直留在墙上，直到它的原作回到博物馆墙上，馆员们的办公室搬回博物馆为止。

当我来到当代馆的临时办公室的时候，这幅巨大的作品原件，正在油画维护的部门，准备清洗修整后，送回到博物馆里——当然，它要回归当代馆。10月份，在当代馆作为最重要的塞尔维亚博物馆中，第一个整修完成。再次向公众开放的博物馆，《醉酒之船》是10月博物馆最重要的画作。

阳光冲洗下的走廊墙上，海报上的这幅作品洋溢着一派欢愉与颠簸。

当代馆的临时办公室曾是前总统所有的一栋小别墅，在铁托墓地后面的一大片树林中。六十年代的淡黄色建筑，保留了所有那时社会主义南斯拉夫的建筑细节，淡黄色的地板，走廊里长长如画框般的玻璃窗，有机玻璃灯罩的壁灯，还有室内温暖而幽暗的天光。九年前，当代馆的房子，情况终于糟到人们无法在原来的建筑里办公了，当时的总统将这栋自己的房子出借给了当代馆。那时算是临时救急，哪里知道，这一借，就是九年。两任总统都期满卸任，当代馆才完成了整修，准备搬家。

这九年里，黄房子里的走廊统统加修了壁橱，用来储存日常需要查用的图书馆资料，贝尔格莱德的当代艺术馆曾是这个地区最完备的现代艺术展览与艺术思潮研究的资料库，不光为馆员的研究服务，也为大学里做研究的教授们和学生们服务。只是这九年来，大多数画册和展览图册都留在旧馆里，只有少数要用的图书，和最珍贵的现代艺术家档案被陆续搬来这里，收藏在走廊的壁橱里。

《醉酒之船》在当代馆保留的资料就在地下室走廊的一个铁皮文件柜里。

沿着走廊一直向前，经过一个禁用明火的小库房，就看到这件镇馆之宝的原作，正摊在油画维修部门的大桌子上。

这个工作繁忙的部门只有三个工作人员，碧、玛雅和如今馆里最年轻的女孩塔，她五年前来到这个部门工作，至今仍旧是馆里最年轻的一个，即使这样，她今年也已经三十四岁了。

她们小心翼翼地检查着这幅油画的情况。

关闭了所有其他电源，免除不同光源可能引起的色差。

桌子上轻微地播放着音乐，是她们三个人在工作时的福利：她们自己将喜欢的音乐和歌曲烧了自用的盘，有整整一盘都是甲壳虫乐队的歌曲。当她们各自小心检查台子上的油画，塔不由自主地抿紧薄薄的嘴唇时，室内变得非常安静，我能听到一对小而陈旧的喇叭里传出的歌声，甲壳虫乐队的*Hey Jude*，麦克尤恩版的，安慰那个叫裘德的小孩子，他因为父母的离异而非常难过。

我在老城我租住的公寓后院里曾听到过另一个版本，看来这里的人们还是不能忘记这支英国乐队所表达的情感：生活有时玩弄我们，但让我们设法越过这悲伤，继续生活。

塔非常安静、小心，但闪烁的双眼里有种由衷的愉快与热情。

这种神情是这栋树林覆盖的小房子里，所有的人共同的神情，这是令我觉得温暖的眼神。我记得，佐伦谈到艺术的时候，也有同样的眼神。

这时他已经变得非常忙碌和焦虑。我们约好的谈话时间总是一再被推迟，但当我们在走廊里偶尔遇见，说到我看到的油画，他焦虑而愤怒的脸色刹那之间缓解下来，一丝微笑好像穿过乌云的天光一样，穿过紧张地板着的脸，释放出来。

这间挤满了各种工作用具的屋子，三个紧张工作的修复师，占满了通道的，等待检查和修复的油画，20日将要参加开馆特展的所有作品，都经过这张桌子，走回九年前它们离开的墙上。

“我们通常这样工作：先检查一遍作品，找到我们三个人都认为需要确认的地方，然后我们去图书馆找到保留的资料，查看我们希望修整的地方是否确切，是污损，还是画家有意为之。现代艺术有时在手法上比古典艺术更复杂，更多变，我们需要确认。然后，如果画家还活着，我们也会告知他，我们发现的作品变化，希望再跟画家本人确认，他是否愿意我们修整。有的画家会喜欢留着时间带来的变化，有人喜欢这种变化，甚至破损，如果这样，我们就会尊重他本人的愿望。如果画家去世了——我们这里许多作品的画家已经去世了——或者因为移居他处，找不到联系方法了，这样，我们就得自己小心决定一切。”

碧是这个部门的元老，在这里已经工作了15年，她目睹了当代馆的一切变化。

而塔则是当代馆关闭六年后才来到馆里工作。

塔受聘的时候，当代馆已经在这个小房子里了。她是许多年轻的塞尔维亚人中幸运的一个，在她大学时代，学习油画的时候，曾跟教授来参观过一次当代馆。

当她第二次再到当代馆，已经是跟着碧，作为实习生来取东西。

“当我再次走进我们博物馆时，我被它震住了。那么大的地方，那么空旷，视野到达之处，原来我记忆里的那些巨大的油画，雕塑，参观的人们，照向艺术品的聚光灯灯光，现代艺术制造的那种自由表达的、充满灵感的气氛，全都不见了。”塔说。但是她脸上并没有悲伤怜悯之色，事实上，她的眼睛里闪烁着的，是一种欣赏和爱意。

“你遗憾吗？”

“并不。其实我觉得那种空旷和被遗弃感很美。我欣赏它呢。”

“现在你能回去工作啦。”

“是的，照明系统预交付的那个晚上，我们大家都去了。灯光照亮了一个新的博物馆。那一刻感觉真好，我们终于确信，这次墙上将挂满我们的馆藏作品，展厅里将再次充满参观者，人们能来欣赏我们国家的现代艺术了。我也能到博物馆里面去工作了。”塔高兴地笑了起来，“我将看到那栋大房子的另一种美。我天天盼着呢。”

塔只觉得自己太幸运，她见识过当代馆最荒芜的时刻，也将见证它满血复活的时刻：现代艺术将回到贝尔格莱德的文化生活中。

“我觉得自己真的是个幸运的人。这些年能天天都跟这些最好的现代艺术作品在一起，当它们在库房的时候，我们可以天天相伴，现在它们要回到墙上了，我可以帮助它们。”

塔在大学时代学过油画，她希望自己能成为画家，所以，当她开始清洗作品时，或者开始修复填充那些微小的裂纹，或者脱色之处，她都觉得自己幸运：她因此而触摸到那个画家的笔触。当她为脱色之处调色修补，她学到了那个画家的用色。“有时我觉得，好像这个画家在手把手教我，通过他对颜色的感受，对颜料的使用，特别是堆砌变厚之处，我能触摸到他的感情。”

这次不用塔说什么，我对这个温柔安静的女孩说：“你真是幸运。”

塔愉快地笑了下，好像一个放在愉快的句子后面的句号。

即使塔一直都不是当代馆的正式员工，她与当代馆的工作合同是每个月一签。当一个地方前途未卜，正处在减员压力的时候，塞尔维亚通常就给员工这样的每月合同，来减少企业的各种用工压力。不光是书店，这也同样发生在当代馆。因此，塔一直都不知道下个月，自己是否还能在这里工作。

四、小黄房子

我其实很喜欢现在这栋小小的、安静的、温暖的当代馆临时办公室。我第一眼见到它的时候，就喜欢它，它很亲切。

这所房子是非常标准的社会主义东欧式样建筑，包括它内部的家具和院子前花坛中央的青铜工人雕塑，它摆出雄壮的姿态，令我想起在上海外滩的街心花园里，上海工人运动纪念碑上的那个短发的年轻工人雕塑。

当我走进去，看到那些行为斯文的人轻盈地在拥挤的走廊里侧身而过，看到窄小的空间里堆满了画册，简单的玻璃框里挂着气质独特、风格强烈的南斯拉夫现代作品，看到在门口唯一可以平铺巨幅油画的地方，人们正在修整一幅巨大的现代作品，油画里人群与警察激情冲突的场面，我感到我们的心心相印。它让我想起了中国的九十年代，九十年代还在跑马厅里的上海美术馆，还在马勒公寓底楼的《青年报》社，还有，我自己的工作单位，在一栋船形殖民地建筑里的《儿童时代》杂志社。那些狭小的空间里有着强烈的艺术气息，在贫穷而精神独立于资本给予的机会之外的时代，那种无辜而单纯的精神生活。

我看见当代馆带过来的沙发椅，1965年开馆时候起，一直用到现在的六十年代南斯拉夫现代家具的式样，直线条的椅子，黑

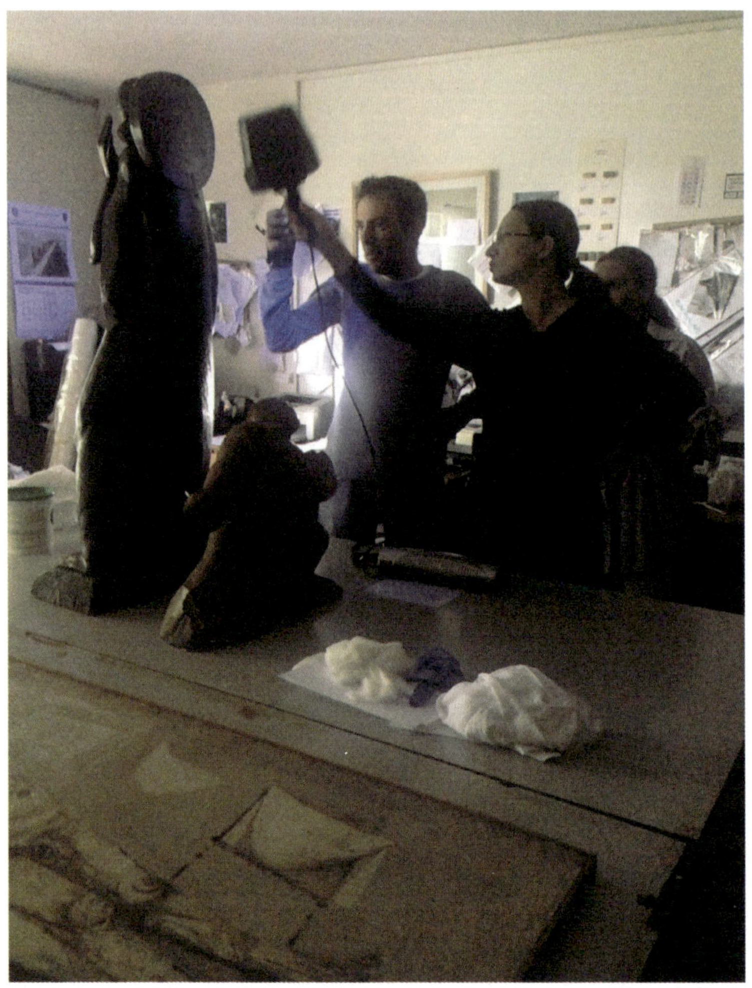

色皮革。这椅子的式样，在七十年代末的上海，曾被年轻一代称为捷克式风行一时。

一样的直线条，一样的现代主义简单而有力的气息，一种城市气息。

当时，上海的年轻人，曾风行自己做这样的椅子和茶几，装饰自己的家。我哥哥就是其中的一个。他自己做了两把这样的椅子，自己买了红色的皮革和海绵，包了坐垫。这两把风格现代的椅子，曾是他房间里最亮眼的家具。

当我在这栋小房子里突然见到这些风格一致的椅子和茶几时，我哥哥已经去世三年了。说起来，他的年轻时代与当时的南斯拉夫青年有许多相似之处，在意大利买牛仔裤，房间里放着直线条、包皮革的沙发椅，听黑胶唱片里的甲壳虫乐队的歌曲，喜欢开摩托车。

当我把椅子的故事告诉佐伦的时候，他笑了起来："我们会把这些椅子都搬回馆里，放在我们的接待室里。其实它们是我们的古董，1965年开馆时候的家具。"

"我喜欢你们这个小房子，喜欢它的温暖气氛。"

"我也喜欢。我们在这里经过了最难的九年时间，也很难忘。"佐伦说。

"也许到了新办公室，又明亮，又大，但气氛一定会跟现在不同。"我发现自己想念八九十年代的中国，想念那种单纯的艺术气氛。想念那些杂志社和美术馆办公室，窄小的空间，旧殖民地时代的房间，弃用的壁炉上堆满的字典与工具书，旧家具和写字桌。落满灰尘的卡式录音机和音质平扁的喇叭里播放的音乐声，有着如今看来古典的旋律之美，和诗篇般的歌词，以及人们对现代艺

MUZEJ SAVREMENE UMETNOSTI BEOGRAD
Inv. br. 879
Autor Miodrag Mića POPOVIĆ
Naziv dela Crna kompozicija
Tehnika i dimenzije u/kl/pl. 2o3x3oo

术的向往与热情。

“事情总是会越来越好的。”佐伦总是对新馆充满了向往，对将来充满了希望。

可是，那些立满了油画的客厅改造的大库房，和同样立满了油画和装置作品的小库房，画作里的一家之主从另一幅油画的边框里探出半张脸来，寂寞而安静地望着你的感受再也不会有了。画作里广阔的白色天空中，用灰蓝色、白色和灰色颜料堆砌起来的雾中之月，平静而辽远地立在屋角幽暗的天光里，那种寂寞而动人的感受再也不会有了。

我和佐伦在大库房里。

2006年当代馆闭馆的时候，由于2014年洪水淹过当代馆，不得不紧急抢救仓库。仓促间，三万多件藏品陆陆续续进了国家银行的金库、租借的艺术馆仓库以及国家历史博物馆，和其他可保存的地方保存。2012年的时候，当代馆策划过最后一个展览叫：“当代艺术馆怎么了？”为了这个展览，从各个保存点领回的藏品，在展览结束后无法再运回原处，就被临时保存在了现在办公地点的大客厅里。

现在，这里的画作将一一打包运回原库房。

我和碧在小库房里。

这间小库房就靠在碧的办公室旁边，所以，她们修整好的油画作品，都先存放在这里，等集体运回布展。

那库房的中间，赫然放着一尊原木雕塑，1927年的作品《女孩》。我在1965年开馆的纪录片里第一次见到它。当时，在阳光和煦的新贝尔格莱德街道上，它站在一辆敞篷卡车上，摇摇晃晃地向萨瓦河畔崭新闪亮的博物馆而去。街道上隐约能见到崭新的

Yugo小汽车，充满稚气与欢愉地经过一棵托珀拉树，那是崭新的贝尔格莱德时代。

这尊雕塑如今又将坐上一辆博物馆的卡车，回到1965年它所在的地方。

拥挤的办公室正在一点点打包，可以看到许多动荡的痕迹，准备打包搬迁的纸盒子，办公室就要搬回去了。

拥挤的库房正在一次次拆空，那些在幽暗的光线里富有意味的风景和人物，装置艺术作品在平面上投下的阴影，雕塑长身而立带来的恍惚感，都成为不可重复的过去之景。搬空的房间突然变成了一个幽闭窄小的空间。

一段当代馆的特殊岁月就要告一段落。

展品要先回去了。

它们静静地被人们从大小库房里搬出来，穿过树林，回到卡车上。

与1965年留下的影像相似，1927年的现代木雕《女孩》再次穿过新贝尔格莱德的街道，塔式的住宅，行道树，回到博物馆的特殊通道前。

街景变化了，多了夺目的新贝尔格莱德街区的涂鸦，明亮愤怒。街上的Yugo都老了，日本和美国的汽车成为街上的新景观。

《女孩》静静等待在包裹它的灰色毛毯里，它这次没有检阅街景。

它被卸下，回到库房。

很快，它就将被端正地放置在佐伦计划的那个展厅里，塔小心轻柔地清洗过的油画，将一一被端正地挂在墙上，崭新的聚光灯将照亮它们。

我曾陪伴它走回博物馆的最后一小段路程：我陪伴它离开那间小库房，我陪伴它经过那片小树林，秋天的树林地上落着榛子和醋栗，我和它沙沙作响地经过，我触摸过它狭长的脸庞，然后，我陪它登上那辆等待它的卡车，沿着1965年它曾骄傲地经过的街道，回到它应该站立的地方。

我从此体会到，能从一座雕塑见证一种受到重创的文化如何顽强求生，又是如何带着累累伤痕走向公众，这对一个旅行中的作家来说，是多大的幸运：从观看山河的样貌，到观看山河的灵魂，这样的旅行，是一个作家在世界上能找到的最好的课堂。我也是因为这样的经历，在心里渐渐集聚了对贝尔格莱德当代艺术馆的爱惜。

在秋天散发着青草芳香气味的雕塑公园里，遥望那白色大理石的建筑，我知道它内部的空间非常奇特，巧妙的错层展示着不可思议的多重空间，在二楼，一个人同时可以看到一楼、二楼、三楼以及它的错层，正如南斯拉夫多重的现实与历史，多重的价值观，对世界多重的向往，现代艺术多重的思潮，以及南斯拉夫多重的遗产。

我想象着当它再次向公众开放，这时，南斯拉夫已经在此变身为塞尔维亚，乌托邦的理想，也已经成为“序列”中的一帧。

南斯拉夫当代艺术馆收藏的现代艺术作品，
劫后余生，终于等来了重归整修好的博物馆
的这一天，从仓库里搬上车，回到博物馆的墙上。
我这个偶尔到访的外国人，竟也在一个中午时分，目
睹了巴尔干漫长宿命中的一个莫比乌斯圆。

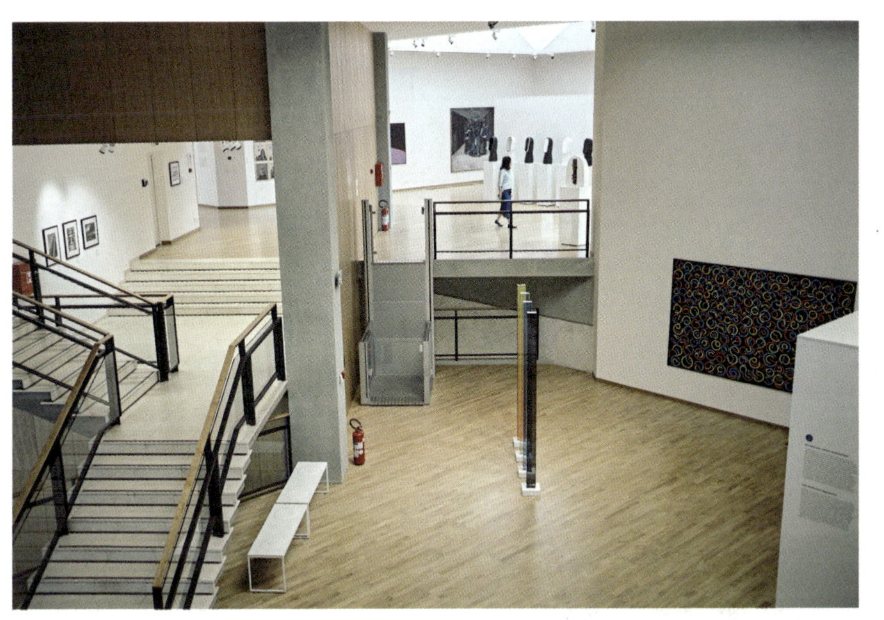

六本木当代艺术馆收藏的作品

南斯拉夫总统铁托在1963年拍摄的照片：
正在建造中的贝尔格莱德当代艺术馆

模型

2018年，在当代馆的门厅里，我看到穿过小黄房子前的小树林，去到运输车上的1927年的木雕《女孩》。我曾细细地抚摸过她的手臂，我的手指还记得它木头上的凉爽。在资料里，我看到它在1965年开幕时，温柔而有力地站在带有百叶窗帘的展厅中央。现在我看到它又端正地站在展厅里。1965年的百叶窗已被可以遥控遮光的大玻璃代替了。

在展厅的墙上，我看到塔和玛雅在碧的指导下，在拥挤的修复部唯一的大工作台旁边清洗过的那幅*Candidus*，1967年Ivan Picelj的作品。当年强烈的先锋性，如今端正地挂在了明亮的灯光下方，呈现出了它的经典性。

看到塔修好了一轮残月的大幅油画《死鸟》，如今端正地挂在了明亮的灯光下方。我好像听到了她在用一小块白色颜料填补时，细细的呼吸声。

看到曾存在黄房子门厅里，准备搬去当代馆的大幅油画，如今不光被安放在一块巨大的背景墙上，还加了特别说明。我记得那剧烈冲突的画面，蓝衣警察和蓝衣的工人，但我不知道那是什么故事。这次我看到了关于这幅油画的介绍，它描述的是塞尔维亚私有化过程中，一个大型制药厂倒闭时，工人的抗争。这是1996年创作的油画，那时当代馆已经运转困难了，但它还是努力收藏了这幅油画。

看到铁托为正在建造的当代馆拍摄的那张照片，它放在错层中的一个巧妙的通道上，从不同的展厅里，都可以看到它。

在顶楼，我看到当年Ivan Antic和Ivanka Raspopović制作的当代馆模型，如今它本身也是南斯拉夫现代艺术中的一件杰出的作品了。“序列”展给了它最中肯的评价。

它由一些淡黄色的有机玻璃黏合而成，在明亮而安静的灯光下，它真的像一个埃舍尔用悖论的原理画出的幻象。它那么纯真地站在灯光下，好像六十年代的南斯拉夫现代艺术，站在Ivan Antic和普罗迪奇这一代知识分子的理想照耀下。这是一个手做的模型，能看到手工切割的痕迹，真切得好像能感到Ivan Antic的指纹，并感受到他小心翼翼的努力，以及黏合它的时候屏住的呼吸，就好像塔那样的呼吸声。

我想起了佐伦的话：“普罗迪奇曾这样谈论对于一个南斯拉夫博物馆的构想。这是一个具有全球视野的机构。如果不了解国际上的趋势，其本土性也无从谈起。作为一个机构，它关注的是南斯拉夫的当代性问题。”如今，“序列”仍旧坚持了这个想法，而这个建筑仍旧强有力地帮助了这个宗旨的陈列。

“你将如何才能把这么好的一个大理石建筑扛在自己的肩膀上呢？”这个1965年的问题，借着老年时代的普罗迪奇的声音，回到这里。

当我看着它，我的眼泪从心中奔涌而来，为欢迎它回来。

是的，巴尔干有它自己的宿命，那就是悲剧性的。但是终究，在这里，还是有人志愿将它就这样扛在自己的肩上，向前走。

1964年六月住这里

2018年6月，开门

柏林的查理检查站

四十年以前，第二次世界大战结束后，战败国德国的首都柏林被分为东柏林和西柏林，由东方阵营的苏联管理东柏林，西方阵营的美国、英国和法国管理西柏林。在东柏林和西柏林交界的地方，有一条叫弗雷德里克的马路，在那条非常柏林化的、灰色的、不长树的马路中间，站着一个美军设在西柏林边界上的检查站。这座在马路中间的检查站，负责检查东西柏林往来的人和车，可为什么要把它叫作查理检查站，现在已经很少有人知道。有人解释说，查理只是个普通英国人名字，没什么含义，好像我们中国人叫张三李四。

六十年代，东柏林的苏联阵营和西柏林的美国阵营越来越敌对，于是，这条默默站满了十九世纪庄严的大房子的街道，成为冷战时期最敏感的前线。直到现在，苏联那样一个大国已经消失，东西柏林也已经合并十年，历史早已经高歌前进，而这条街上还是弥漫着一种动荡紧张的气氛。参观的人们一群一伙地从弗雷德

柏林墙建立起来的那一天。

柏林墙建立两天后，一位奔赴向西柏林逃来的东德士兵。

里克大街44号的柏林墙博物馆走出来，脸上带着被吓着以后的那种恍惚，他们站在人行道上，往四下里张望，也有人眼睛红红的，那是因为怜惜。那样的眼色，那样张望的人们，终于使得这条马路保持了它的不安。

1989年11月9日晚上，柏林墙首先被东柏林的青年冲开，急不可耐的蓝衣金发的人们，像动画片里为逃生而狂奔的恐龙那样，霍霍有声地掠过查理检查站的玻璃窗子和惨白的探灯，向西柏林奔去。

“十点半的时候，电话铃响了，我们的朋友想带我们的女儿艾尔丝可去西边，因为他们听说柏林中心韶泽街和博恩霍尔姆街的边境通道开放了。我丈夫不相信地拒绝了。”一个东柏林人日后回忆说，“宽阔的街道上挤满了汽车，为了停车，我们不得不先朝反方向开了一段。可是，孩子们等不及了，他们先跑过去看热闹。那天晚上，我们在熙熙攘攘的人群里再也没有见到他们。人和汽车都挤在一起，一步步地向前挪，一米米地向前移——从东部到西部，没有任何人检查。我们三个成年人在寻找我们的孩子，自然是徒劳地在张望。他们走了——肯定‘到了对面’。于是，我们就自己徒步向维丁区走去。其他的东德人在这里四处乱跑，直截了当地问我们：‘选帝侯大街到底在哪里？’”

东德出产的式样笨拙的小汽车被裹在汹汹人海里，越过被封闭了二十六年之久的勃兰登堡门，它们在人群里，像大水里的小乌龟那样颠簸着，大喜过望的德国人用巴掌在车顶上嘭嘭地拍打，就像重逢的人们紧紧抱着那久别的身体，会忍不住用自己的手去拍打那个后背那样。检查站的士兵们手里被塞满了从东柏林带来的鲜花，因为这些花，铁青着脸的士兵突然变成了腼腆的、手足无措的小伙子。查理检查站从此消失了。为了纪念它的消失，原来的柏林墙博物馆被改名为查理检查站博物馆。

1961年夏天，8月13日，东柏林和西柏林之间，有了柏林墙。起初的柏林墙，是东柏林在两个柏林之间拉起来的铁丝网，想要封锁西柏林。可是，东柏林的人却因为那些本意要封锁西柏林的铁丝网着了慌，他们夜以继日地越过铁丝网逃往西柏林。8月24日，一个叫甘特·里特芬的东柏林人因为企图越过铁丝网，被看守边界的东柏林士兵打死在街道上。也是在那漫天金红暮色的8月的柏林，在波瑙街的关卡上，东柏林的一个年轻士兵用在中学体育课上学来的跳高姿势，背着他的枪，戴着他的钢盔，跳过铁丝网，逃往西柏林。他在铁丝网上的那一跃，被人拍了下来，成为柏林墙博物馆里最引人注目的新闻照片。为了阻止出逃，东柏林很快把铁丝网修成了高大的砖墙。10月，一个叫乌多的人在夜晚越墙，被打死在墙上，最后一刻，他的尸体倒向西柏林那一边，然后，如他希望的那样，他来到了西柏林的街道上。为了进一步阻止出逃，东柏林沿着墙又修了一重墙。那两重高墙的中间，只有高高的木头杆，高大的木杆上，两片木片在上面交叉，指出东南西北的方向，远远望去，像一只在半空中定着了不飞，可又没有落下来的大木头鸟。

同一个城市的德国人，就这样被分成东方阵营的和西方阵营的，居住在墙的两边。亲戚们变成了两个国家的公民。当然，当时是政治造成了这一切。但是，没有人知道，到二十六年以后，两个柏林重新成为一个以后，他们之间竟然有了如此深的沟壑，甚至外面的人都可以从举止上发现他们的不同。1990年后，凡是对柏林统一以后的情形有兴趣的人，都被柏林人告知："尽管墙已经被拆除了，但它还存在于东西柏林人们的心里。”在11月9日那个大喜过望的雨夜之后，东柏林人渐渐失望了，因为他们发现墙那边的世界并不是想象中的美好天堂。当年，在韶泽街的边界上，有一栋房子，它的门开在东柏林的一面，而窗开在西柏林的一面。逃亡的人们总是从窗上跳下去，而西柏林，总有人在窗下面等着接应他们。后来，西柏林的人特地在窗下装了一张安全网，使得跳窗的人们不至于碰到危险。那以后，在韶泽街跳窗的人，心里都知道下面有一张安全网会接住他们。而这样美好的感情，被统一以后的现实打碎了。1990年两德统一时，那繁花似锦的梦想并没有成为现实，但东柏林人失去了往日禁锢生活中的安静。社会主义的福利制度被取消以后，从前方便职业妇女的众多幼儿园也随之消失了，接着，是失业的人多了，原来人人蓝衣的朴素的社会，现在有了穷人和富人。这时他们才意识到，原来那张墙时代为他们特别做好的安全网，已经没有了。

西柏林的人也在不满，为自己多付出的税不满，也为东柏林人对生活的天真不满：“我东边的亲戚来我家，他们看到我们的房子大，我们的汽车新，我们有钱，他们也想要这样的生活。可他们好像不知道我们家的每一件东西，连屋顶上的一片瓦，全都是劳动挣来的，它们不会从天上掉下来。他们就知道等着要。”

民主德国建造了柏林墙后，在紧挨柏林墙的一栋二十世纪初的大房子里，西柏林开设了柏林墙博物馆。在这个博物馆里，专门陈列从柏林墙建立以来，人们是如何拼死越墙而来的故事，特别是1971年西柏林人可以自由出入边界，而东柏林人则不得随意进入西柏林的公约实行以后的那些悲伤和决绝的故事，看了让人心惊肉跳。有人把自己吊在过境回西柏林的小汽车底盘上逃到西柏林；有人自己偷偷在树林里造一个热气球，在半夜里升到天上，把全家安顿在热气球吊着的网篮里飘过墙去；在过境汽车的行李箱被严格检查以后，有人改装了汽车前盖。他们把发动机移到一边，在边上装一个小箱子，人像在妈妈的子宫里那样蜷缩在箱子里；有人把两个行李箱连在一起，中间打通，让一个人平躺在两个箱子里，放在车的行李架上；有人半夜在墙两边的房檐上用滑轮和钢丝连起一条索道，把自己的孩子挂在滑轮上推到西柏林那一边去；一楼的展厅里全是这样的故事，二楼的展厅里也全是这样的故事，那些孤注一掷的、惊心动魄的、滑稽可笑的、精明狡猾的、不可思议的逃亡故事，在被发现以后被打死在墙边上的倒伏的身影边上，显现出了那些故事惨烈的欢喜。

博物馆的楼上，有一个小电影院，里面轮流播放着德文版和英文版的关于墙的历史纪录片，在墙还竖立在弗雷德里克大街上的时候，在小电影院里，能看到墙一点一点在1961年的8月升起时，站在街角用手掌抹着眼泪的妇女，那粗大的砖头在男人们的手里一点点地升起，像升起的潮水那样割断了已经有……一个世纪之长的古老的街道和城市。在墙倒了以后，在小电影院里则能看到1989年秋天的晚上，柏林墙在探照灯的白光下，张着大嘴一样的缺口。东柏林那面容淳朴，对铁丝网外面的世界有着无尽美好想象的人们天真的脸从墙的缺口里飞快地流过，就像恐龙在最后的奔逃时那样地迫切和惶惑，还有要到很久以后才能体会到的哀伤和茫然。一个穿着蓝上衣的女子满面泪水地扑过来，手里抓着她简单的行李，我想，她还是不能相信自己从此可以自由地进出这个查理检查站吧，于是她准备好了，从此再也不回自己的家。

那蓝衣女子现在在哪里呢？如今，两个柏林真的统一了，东柏林的人都用西德的马克买东西，东德时代发行的东马克已经成了收藏品。东柏林的人都用西德的护照出国旅行，东德的护照陈列在查理检查站博物馆的底楼，像一切失效的文件一样散发着僵死的旧气。东德的知识分子开始大批失业，因为西德的意识形态不再需要他们，比如小学里的俄语老师，因为东柏林的孩子，现在像西柏林的孩子一样，从小学开始学习英语而不再是俄语。而这时，东柏林的人回到了自己的街区，不像从前那样喜欢去西柏林了。或者说，他们讨厌到西柏林去了，像一只蜗牛，被外面的什么东西打了一下以后，它就一点点地缩回到自己原来的壳里面去，而且紧紧地盖上盖子。这时，东柏林的人才体会到，柏林是统一了，但是更像是西柏林把东柏林吃掉了。他们曾经像暗夜里的青蛾那样不顾一切地飞向光亮的地方，然后，才发现他们扑向的，不仅是光，还有火。

如今，要是离开查理检查站博物馆，走过在弗雷德里克大街上遗留下来的美军警告牌，一直向前去，就到了东柏林的街区。在原来东柏林中心地带的亚力山大广场，马克思、恩格斯像没有被拆除以前，有人在铜像的底座上写了两条标语，一条是：对不起。另一条是：下次我们会做得更好的。离开广场，走进东柏林的街道，坐在东柏林的咖啡馆里，穿过废弃的红砖的教堂和老橡树覆盖下的小广场，跑进一座开间式门面的面包房，靠在去维尼塔街方向的红色老旧的东德地铁车厢里，到处都能闻到一种叫悻然、懊悔和愤懑的东西。得到了以后，东柏林的人才知道原来西柏林的生活并不是他们狂奔时在心里指引自己的那个天堂。那个天堂，原来只是自己在铁丝网下的梦想。那个永远会在查理检查站博物馆播放的纪录片里狂奔的蓝衣女子，她现在在哪里呢？另一个东柏林人说："西边的人把我们吃下去了，可是我们像一根鱼骨头一样，卡在了他们的喉咙里。"

在查理检查站博物馆的底楼出口处，能看到1989年11月初，柏林墙倒掉时的许多照片，动荡紧张的人群，蓝衣金发的青年，面容淳朴的姑娘。然后就看到一个青铜的雕像，那是一个年迈的东柏林大提琴家，他有几个朋友当年死在逃亡的晚上，死在墙下面。现在，墙终于打开了，他拿着他的大提琴来到墙脚下，开了一个音乐会。他演奏了《安魂曲》，他想要用这样的方式告慰那些当年死在墙下的东柏林人。那是一个让人动心的时刻，有人笑着，也有人流着眼泪，还有人默默地靠在冰冷的墙上，面容严肃。他们一定想到了许多与墙和铁丝网有关的往事吧。

用这个演奏《安魂曲》的老人铜像作为博物馆展品的结束，对查理检查站博物馆来说，是一个圆满的句号，那一定是许多人所希望的。可是，看到了它，感受了留在那沉醉在告慰的音乐里的雕像所蕴含着的1989年东柏林的天真美梦，然后走出去，站在那条没有一棵树的弗雷德里克街上，看着一个男人领着一个八九岁大的男孩，小心地为那孩子解释竖在大门口的东柏林界碑的意义，那孩子看上去没有太大的兴趣，于是他费力地打着手势。也许要让墙倒以后的孩子们先知道关于墙的所有的故事，方能够体会出现在他们的伤心，如同一个曾经为梦想不惜赴汤蹈火的少年终于长大时的那种伤心。查理检查站博物馆里记录的事已经过去了十年之久，一个作家这时说："这个门不是为了通向天堂而开放的，而是为了通向我们为了成熟起来而必须学会对付的现实。"

第一个在倒墙以后去往墙边演奏的东柏林音乐家，他演奏的，是《安魂曲》。

冷战时期东西柏林的边界线，
胡也隊咖啡馆的那座洋葱的房子，几
乎紧贴着美国占领区的广告牌。

YOU ARE LEAVING
THE AMERICAN SECTOR
ВЫ ВЫЕЗЖАЕТЕ ИЗ
АМЕРИКАНСКОГО СЕКТОРА
VOUS SORTEZ
DU SECTEUR AMÉRICAIN
SIE VERLASSEN DEN AMERIKANISCHEN SEKTOR
US ARMY

当年柏林墙界的警告牌。

墙，查理检查站博物馆制作的明信片。

查理检查站入口.

通向现实生活中梦幻的陈列品

在查理检查站博物馆的门前，总能看到旅游车，或者学校的大客车，送来一车又一车的孩子，他们来学习十二年以前的德国历史。

但这个博物馆，是冷战时期由美国军队建立起来的，查理检查站，是美军占领区的检查站。在冷战时期，为了教育西柏林的人们，就建立了靠近查理检查站的小博物馆，专门陈列在这附近发生的用种种方式逃往西柏林的事件。刚刚进去的时候，一定会为那些千辛万苦逃往西柏林的德国人而感动。但是，当所有的展品都为了一个目的而陈列的时候，感动的心就慢慢地冷了。

走出小博物馆，看到两个大人在对一个孩子说着什么，那是个德国大人在对德国孩子说着什么，可惜我听不懂。

我真想知道这些真的在生活中，为了墙的存在和消灭，而发生过什么的人，是怎么说这些事，怎么表达他们心里的感情，怎么总结那个时期，而不是美国占领军。

从那天以后，我开始问每一个我能有机会交谈的德国人，听他们说。他们不得不仔细向我解释当时的历史，因为我也像个孩子一样无知。感谢所有耐心与我交谈的柏林人，他们让我了解到查理检查站博物馆里的陈列物，对德国人的意义。那是一个又一个通向现实生活中梦幻的陈列品。

柏林墙倒掉的时间。

1961年8月13日，柏林墙建成使用

1961年8月24日，一个叫甘特·里特芬的人因为企图越墙去西柏林，被打死在墙下。他是第一个越墙者。

静静的绞刑架

“你是说要去普劳森监狱？”我的德国老友翻起她灰色的眼睛向我确认，见我点头，她说，“那好，我们去。”

从克罗伊茨山出发，经过蒂尔加滕，看到一家一户的土耳其人纷纷在草地和湖边野餐，依稀传来的，是他们家乡那种缠绵的音乐。经过被烧过的国会大厦，看到外地来的、外国来的旅游者排着长龙，等待上国会大厦的玻璃圆顶去看柏林市容。经过6月阳光下的静静的住宅，小花园，星期天关门歇业的商店，星期天柏林真正住人的地方，通常都静得像没有一个人一样，停在街边的汽车上落了干树叶，看上去是星期六落下来的了。这是一个普通的宁静的周末，也是一个阳光灿烂的柏林6月下午，一些街区在这个周末封了路，有的是为国际音乐节，有的是为同性恋嘉年华，还有的是为少年无动力车设计比赛。我们白色的老捷达车在阳光下的大街上开着，远远地，还在一座桥上，就见到绿树下面红砖的大房子，是十九世纪中叶柏林流行的那种样子，红砖头砌的，听说是为了好看又省钱。那就是在柏林有名的普劳森监狱了，在十九世纪的时候它就是监狱，现在它还是监狱。而在希特勒的纳粹德国时代，这里关押反对希特勒的德国人和其他欧洲人，这里的监狱行刑室处死了2891个犯人，用绞刑架和断头台。当时在行刑室工作的职业刽子手是个壮汉，听说他总在嘴上叼着香烟，他处死一个犯人，可以拿到60帝国马克的津贴。在1943年9月7日至8日普劳森监狱的“血腥之夜”，他靠津贴就可以发财，那一夜他参与处死了186个普劳森犯人，八个犯人一队，上绞刑架。如今我们要去的，是在原来的行刑室里建立的纪念地。

那是间红砖的平房，因为年代久了，墙上的红砖已经有点发黑。不像德国别处的老砖房，墙上常常爬满了常春藤，这房子四周什么也不长。院子里倒是长着高高的树和草，难得地，在6月的院落里没有看到玫瑰花树。但是看到了一个石头做的骨灰罐，里面装着1945年4月苏联军队到柏林时，从德国各地的监狱里清理出来的犯人骨灰。但我想，那石头罐子里面肯定不会有普劳森监狱的犯人的骨灰，因为他们被处死后，尸体都马上被送到医学院去，当了那里的教具。他们大概不会有骨灰留下来的。因为在波兰的奥斯威辛死亡营我已经见到过用骨灰粉做的沙漏，所以经过石头骨灰罐的时候，心里并没有很大的震动。但是也想，犹太人死亡营里有自己的骨灰，德国的监狱里也有同样的东西啊。

一条平常的小路绕着房子，我们向小路导引的地方走去。这房子看上去更像一间锅炉房，或者放园艺工具的工具间，或者小仓库。我们能听到自己的鞋底擦着平地的声音，还有外面远远的大街上，车轮经过的沙沙声。四周就像柏林的礼拜天那么静。

我看到了高墙对面的楼房，一时不能确定那栋房子是否就是

2
1

从前的死亡屋，在英国飞机轰炸柏林以前，那栋靠行刑室最近的牢房里，关着的是第二天清晨要被处决的犯人，他们在那里的小牢房里度过自己的最后一夜，整夜，他们都被绑着双手。监狱里的人，把那栋房子叫作死亡屋。在1943年9月，这房子被晚上的空袭炸毁，当时，里面有三百个人正在小牢房里等待他们的绞刑。在空袭的夜里，也是普劳森监狱加快处决犯人的夜里，犯人们在死亡屋和行刑室中间的空地上等着。有一次飞机就在附近投炸弹，刽子手暂停了绞刑，把等待在外面的犯人都送回死亡屋里去，等待空袭警报解除以后，重新开始。那天工作得晚了，他到第二天早上八点才结束自己的工作。

我看到了一扇打开的木头门，于是我们走过去。突然就到了行刑室内。室内很昏暗，而且冷。劈面看到的，就是一条结实的钢梁，上面吊着八个粗大的铁环，然后我意识到，那大概就是绞刑架上的钩子，用来拴绞索的。它们后面有两扇圆圆的长窗，窗外的阳光像刀片一样明晃晃的，阳光下闪闪发光的树叶也像刀片一样明晃晃的。那树十分高大，该在这里长了几十年了，当它还是棵细细的小树时，它大概就从窗外见识过行刑室里的情形吧。它在窗外的风里轻轻摇动，但是奇怪，站在室内，听不到一点树叶的声音。寂静像一只有力的大手那样紧紧将人按住了。好像能听到一个带着柏林口音的阴沉的、一丝不苟的声音，在宣读人民法庭的死刑判决书。对反对希特勒的人，无论用任何的形式，社会民主党的党员、共产党员、在火车上对人说希特勒是蠢猪的毛头小伙子、帮助青年逃避当兵的修女、因为太饿而偷了商店东西的法国少年、想要谋杀希特勒以结束战争的贵族军官们，统统由柏林的人民法庭经过三个法官的审理，签发了死刑判决书，由行刑室的职业刽子手执行死刑，然后将死刑的过程写成文件，上报给人民法庭备案。通常他们是被绞死的，也有的人上了断头台。在房间中间的水泥地上，我看见一个大大的下水口，用结实的铁网罩着的，要是用断头台杀人的话，那些喷薄而出的鲜血大概要顺着这个下水道流下去吧。那个柏林的修女埃米·策登，帮助青年逃避当兵，然后被发现了，被送到这里，在监狱的劳动营里工作了几年以后，等来了人民法庭对她的死刑判决，1944年6月9日，柏林春天中的一天，她死在行刑室的断头台上。我在墙上的陈列物里见到了她的行刑报告，她很安静，刽子手只用了几分钟就完成了。她的尸体也被送到柏林的医学院去当实验品了。

现在，这里什么血迹也看不到了，没有断头台陈列，也看不到绞索。闻不到血的腥气，也闻不到那个普劳森监狱的职业刽子手爱抽的香烟的气味。光光的地上，放着一个鲜花做的花圈。地上到底还有一些看上去可疑的痕迹。还有我们的影子，被大门外的阳光长长地投到行刑室纪念地的地上。

这里没有别人。

当年的死刑判决书和监狱的文件静静地陈列在墙上的玻璃架子上，用二十世纪四十年代的老式德文打字机打出来的文件，导致这里2891个犯人的被处决。连照亮它们的灯都是静静的，没有通常灯发出的轻微的电流声。当年在普劳森监狱工作的天主教神父，为每一个将要去行刑室的犯人做最后的祈祷，后来他回忆说，在186个犯人被处决的“血腥之夜”里，犯人们无声地站在行刑室和死亡屋之间的空地上等待，什么声音也没有，只能听到两个神父在犯人中的祈祷声。我相信普劳森监狱的行刑室总是这样静的，那是一种酷烈的静。墙上的文件里总是说，绞刑和砍头，通常是在几分钟内安静地、有秩序地完成了，绞死89个参加1944年7月20日谋杀希特勒政变的那些陆军中将和上将的时候，安静地完成了。绞死刚满十八岁的法国少年的时候，也是安静地完成了。马丁·尼莫拉在这里留下了一段著名的语录：“当纳粹带走共产党人的时候，我保持了沉默，因为我不是共产党人。当他们又带走社会民主党人的时候，我又保持了沉默，因为我也不是社会民主党人。当他们带走犹太人的时候，我还是保持沉默，因为我也不是犹太人。现在，当他们带走我的时候，已经找不到能对此提出抗议的人来了。”我的朋友在为我翻译他的话的时候，突然热泪盈眶。“每次我重复他的话，我的心都很难过。”她说。

普劳森监狱发信给死刑犯的家人，通知他们执行了死刑，同时寄给家属的是两张清单。

一张是死刑犯留在监狱里的遗物清单。策登修女的遗物清单被陈列在墙上，她留下了24.395帝国马克的零用钱，35.70帝国马克的劳动津贴。还有信夹一只，手袋一只，发刷两把，手帕九条，手套一副，发卡一只，大衣两件，袜子四双，护领一根，衬衣一件，夹克两件，裙子两条，衬裙三条，睡衣两件，裤子四条，乳罩一只，梳子一把，羊毛衫两件，毛巾两条，男式衬衣一件，紧身胸衣一件，两套礼服和几件衣服，这些都一个不少地留在清单里，她临刑时指定了一个叫列保尔德的女士继承她的遗物。她可以凭这张清单从监狱里拿到这些东西。

另一张清单，是家属必须支付的死刑费用，包括死刑判决费用300帝国马克，将判决书递送到家的邮资2.70帝国马克，给检察官的费用81.60帝国马克，关押在监狱等待判决的住宿费一天1.5帝国马克，关押在死亡屋的看守费用一天1.5帝国马克，还有

行刑室门前的小路被命名为"穿登路"。

Der Vorstand
des Frauenstrafgefängnisses

Berl[illegible] 1944.
Volksgericht[illegible]
28. JUN 1944

Tgb.-Nr.

An den
Herrn Ober[illegible] beim Volksgerichtshof

Betr: Emmy Zehden.

1 J. 56/43
6 L.194/43.

Berlin W.9.
Bellevuestr. 15.

Die am 9.Juni 1944 hingerichtete Emmy Zehden hat in der hiesigen Anstalt folgende Gegenstände hinterlassen:

1 Mappe mit Briefsachen,
1 Handtesche,
2 Haarbürsten,
9 Taschentücher,
1 Paar Handschuhe,
1 Perlkette,
1 Kragen,
2 Mäntel,
1 Korsett,
2 Kleider,
4 Paar Strümpde,
1 Spange.

2 Oberröcke,
1 Bluse,
2 Jacken,
2 Schlafanzüge,
2 Wollblusen,
4 Hosen,
3 Unterröcke,
1 Hemd,
1 Büstenhalter,
2 Handtücher,
1 Kamm,

Ausserdem sind im Verwahr der hiesigen Anstalt vorhanden: 24,39 RM eigenes Geld sowie 35,70RM Arbeitsbelohnung.

Emmy Zehden hat vor ihrem Tode den Wunsch geäussert, dass ihr Nachlass an Frau Grete Liebold in Rentzschmühle i.Isergebirge ausgehändigt werden soll.

Ich bitte um Entscheidung, ob der Aushändigung zugestimmt wird.

I.V.
[illegible]
Erste Oberin.

埃米·策登遗物清单

执行死刑时的费用158.18帝国马克，最后一项，是把付费通知和清单寄到家里的邮局收费0.12帝国马克。一个陈列在行刑室墙上的死亡清单，家属一共要向监狱支付766.80帝国马克。

说起来，也真的是一丝不苟的秩序。在“血腥之夜”的第二天，监狱就发现因为死刑判决书改用电话口头传达，出现了错误，有些名字相近的人被误杀。于是，普劳森监狱正式向下达死刑判决书的部门要求不再用电话，恢复书面的死亡令，免得再出现类似错误。

我和我的朋友望着那些白纸黑字上的文件和申诉，惊异地笑出来。“哈！”那突然响起的短促笑声，像受惊的麻雀一样惊恐而迅疾地飞上行刑室寂静的屋顶。不晓得还有什么比这样的文件更荒谬。

行刑室纪念地里看不到一张照片，不像在奥斯威辛死亡营的墙上，满满的都是犯人进死亡营时的照片，到处都是明知屠杀逼近时大睁的眼睛和雪亮的眼神。可我在原来的陆军司令部7月20日政变指挥部原址的纪念馆里见到过许多照片，那些都是参加政变的德国人的照片，也用了满满的一面墙。那都是些德国人严肃的脸，是诚实、阴郁而骄傲的灰蓝色的眼睛，他们中的许多人被处死在普劳森监狱的行刑室里。他们被行刑的过程，被拍成纪录片，在德国军队中播放。但是，甚至在那样的脸上，总是会想到从前关于二次世界大战的电影里纳粹的样子，许多人穿着那时的德国陆军军装，他们是德国的职业军人，参加了许多次战争。那次政变中军衔最高的，是隆美尔元帅，他率领的德国军队曾经是最英勇善战的，政变失败以后，他在希特勒的逼迫之下自杀，使深受德国人信赖的隆美尔元帅起意谋杀希特勒，让德国注定要战败的事实得以掩盖，保护德国人对第三帝国的信任。自杀的还有贝克上将，在7月20日晚上，知道刺杀希特勒失败的消息，他就在陆军司令部的办公室里自杀，但是他没有死成，他听到院子里盖世太保枪杀他的下属的枪声。然后他被严刑审讯后，死于普劳森的绞刑架下。他的办公室现在成了同样寂静的纪念7月20日政变的纪念馆，他和他的同僚的照片静静地挂在墙上，望着来参观的人。在那里还可以看到一些他们和家人在一起的照片，他们中的一些人，穿着军服，但没有戴帽子，轻松地笑着，抱着自己的金发的小孩，肩上靠着自己穿了花连衣裙的年轻的妻子，那也是幸福的一家人，在树林里过自己的假日。

而那时候，成千上万的犹太人正日夜赶往奥斯威辛赴死，成千上万的圣彼得堡人正死于九百天被德军围困的大饥荒中，成千上万的盟军士兵正死在欧洲的战场上。成千上万的德国建筑和德国人被夜夜不停的英国轰炸机炸成碎片。

我不知道为什么想到了这些。

我的思想变得混乱了，我应该在普劳森监狱行刑室的寂静中想到这些吗？

那地方是那样寂静，像一只大手紧紧将人的心按住一样地静，像要捏碎一只小鸟一样地静，像一个没有开始解开的死结那样静，像一个从来没有被猜出来的谜语那样静。

2891个人死在普劳森监狱的行刑室里了。

这个6月，是我第六次到柏林来，但是，是我第一次到这个几乎称不上是个小博物馆的纪念地来参观。九年以前，我去了达豪死亡营，八年以前，我去了奥斯威辛死亡营，而在一个月前，一个在上海的德国问题专家给了我普劳森监狱的地址，我才知道

Otto Herfurth
Andreas Hermes
Erich Hoepner
Johannes Georg Klamroth
Friedrich Karl Klausing
Gerhard Knaak
Franz Leuninger
Wilhelm Leuschner
Fritz Lindemann
Hans Otfried von Linstow
Paul Löbe
Ewald Loeser
Otto Müller
Ernst Munzinger
Wilhelm zur Nieden
Gustav Noske
Hans-Ulrich von Oertzen
Friedrich Olbricht
Hans Oster

这地方，才请我的老朋友带我来这里，从前我们曾一起去了柏林不少地方。我和我的老友一言不发地离开那里。

在高墙外面，我们找到被太阳晒得滚烫的车，等车里热气散出来的几分钟里，我们看到了纪念地门口那条单车道的小马路的路牌，就是死在行刑室断头台上那个修女的名字。

“原来策登路，是用她的姓来命名的。”我的朋友说。

小马路上没有人。

“为什么都没有人提起这地方，也没有人来，柏林的旅游书上也不介绍。”我说。

我的朋友说：“按照大家的想法，是我们德国发动的战争，我们要多说自己的错和责任，不应该多说我们的痛苦，我们德国人的被杀，与犹太人的被杀相比，就不那么重要。而且，而且，”我的朋友伸出一只手指来强调，“也并不是有许多人感兴趣这样的地方，大家到柏林来，更愿意去看漂亮的地方，宫殿、博物馆、咖啡馆，不想过一个痛苦的6月的礼拜天下午。”

在我们就要离开的时候，我们看到有一辆车停了下来，一对男女往四下里张望，不知道他们是找不到入口的地方呢，还是他们走错了路。如今繁花似锦的德国到底还要走多久，才能从希特勒的影子里走出来呢？已经过去了半个世纪了，可那条离开阴影的道路，看起来仍旧是那么漫长。

那天在行刑室的墙上，看到策登修女的遗物清单，那张纸真的发了黄，那是1944年6月9日登记的。我的朋友一行一行把修女的东西报给我听。

修女还是个讲究的人呢，把头发刷亮的发刷，她都有两把，还带着紧身衣，我想起老的欧洲电影里看到的紧身衣的样子，胸前和背后都有细而长的白绳子紧而烦琐地抽紧着，茜茜公主在丫头帮她抽紧紧身衣时，满脸都是在幻想爱情时候的万丈光芒。

修女的紧身衣

修女什么时候穿她的紧身衣呢？在普劳森的劳动营里呢，还是在死亡屋里的时候？我猜想她是个爱清洁的修女，甚至是个保守的、有洁癖的修女，虽然在生活中并不享受风月之情，但这并不影响她建立起自己古典的、精细的生活方式，她本是有比普通女人更多的时间来享受精细的生活，在山里的修道院，有许多时间听树林里夜莺唱歌，柏林的夜莺在六月常常从黄昏就开始唱了。在南方的修道院里，有自己酿的上好葡萄酒喝。我猜想她的密室和她的衣柜，都会是一尘不染的吧，既然她为自己的狱中生活，还要准备九条手帕。

是她自己列的清单吗？在住在死亡屋的最后一夜里列的吗？真的能够这么镇定地将自己的东西一点一滴都整理得这么干净，交代得这么仔细吗？连剩下的钱的零头都没落下，不肯弄错，但是，对她的死刑却是她一生中遇到的最大的错误，在什么地方，她更正过这个巨大的错误吗？

奥斯威辛之夏

站在奥斯威辛死亡营外的旅行者广场上，看到有人在吃冰，有人在喝水，我觉得很恶心，站在太阳下一阵阵地出冷汗。满眼全是死亡营长长的、打着灯的走廊墙上一排排贴满了的死亡营登记照。在无数张照片里，有各种形状，但一律绝望的眼睛，照片下面，有这个人到死亡营的日期和死在这里的日期，一般是一个多月。从一楼到二楼，我满身都粘在阴惨惨的目光里面，孩子的、大人的、男人的、女人的，有一个女人在照相机前眯着眼露出一点讨好的笑容，那近于无耻的笑容遮不住她眼里深深的惊恐与茫然。多少故事就缩写在了一对眼睛和下面的两个进奥斯威辛和进焚尸炉的日期里了。我独自站在奥斯威辛的夏天阳光里面。那个一天的奥斯威辛之旅，是由波兰的旅行社组织的，大多数人都是结伴而来的，只有我和另一个从美国来的弗兰克是一个人，所以我们就结了伴。这时，我和他各自站着，都不说话。他是个年轻的犹太人，他的爷爷就死在这里，他的爸爸被美国军队从奥斯威

FOR TOURISTS

DAILY BUS TRIPS WITH AN ENGLISH SPEAKING GUIDE TO :

Auschwitz

- Birkenau

MARTYROLOGY MUSEUM

EVERY DAY DEPARTURE : 9⁰⁰ AM FROM SZCZEPAŃSKI SQ
9¹⁵ AM IN FRONT OF THE CINEMA "KIJÓW"
/NEAR BY "CRACOVIA" HOTEL AND YOUTH HOSTEL/

TICKETS ON THE BUS
PRICE 200.000 zł [12 USD]
RESERVATION UNNECESSARY

BACK IN KRAKOW 4 PM

FOR INFORMATION PLEASE CALL "DOROTHY-TOURS"
37 83 91 /AFTER 8 PM/

1993年8月，克拉科夫旅行社的奥斯威辛死亡营一日游广告。

辛救了出来，去了美国，就像一个典型的奥斯威辛故事那样。

我想到我在克拉科夫犹太区闲逛的那个黄昏，那里我走了一大圈也没看到一个人，看到的是一些在公寓门外有上好铜箱盖的旧信箱，箱盖上铸着姓氏，Mr. Barban，Mr. Ruff。我在旧城区里走着，只觉得那些挨在一起的房子，那些拱门后暗而狭长的街道，那些寂静而郁郁葱葱的后院，有着不可思议和不能言说的神秘与悲凉，起伏不定的迷宫般的窄街由卵石铺成，在早晨湿漉漉的，我的塑料底鞋子走在上面，啪啪地响，又会从不知道的地方传回来。走到十字路口时，只觉得是有无数穿塑料底鞋的精灵在四散逃奔。踏上一块在墙边靠着的台阶石向屋子里张望，透过积尘重重的玻璃，我看到窗下放着一张摇椅，摇椅上放着一个缎的靠垫，靠垫上泛着奥斯威辛一样的黄色。在德国曾听人说，柏林也有许多这样空关了五十年的犹太人家的房子，就是因为这家人突然被抓走，去向不明，他们的房子从此就再也没人进去过。

我推开一扇门，门洞里什么也没有，在旧到褪了色的木头地板上，甚至没有太多的灰尘。我往楼梯上走，楼梯吱啦吱啦地响，发出咬碎饼干时的响声。墙上有一条可疑的污渍，淡棕色的。我赶紧下楼，大叫一声："有人吗？"

没人。

弗兰克独自站着，紧紧握着手里的一瓶矿泉水。在那个如今开着夏天鲜花的小广场上，能远远地看到原来奥斯威辛死亡营的大门，还有大门上的哨兵塔楼，下面就是生锈了的铁轨，当时这条铁轨连着泛欧的铁路网，现在那是条废弃了多年的铁路，枕木边上开着夏天的野花。可是在战争时期，火车装满了从各国押来的犹太人，一车一车，夜以继日，开往奥斯威辛。这条繁忙的铁克拉科夫是波兰离奥斯威辛最近的城市，庞大的犹太社区现已荡然无存。

路，在陈列在博物馆里的照片上，在暗夜里像擦亮的锅盖一样闪闪发光，就像电影里看到的一样。犹太人像货物一样一车一车地到了。犹太人带着最后的最要紧最心爱的东西，历尽艰辛没舍得丢掉，他们以为像纳粹说的那样，是给他们一个新的隔离区，可以安家过新生活。他们抱着自己的小婴儿，小小的娃娃一样的孩子穿着有缎带装饰的小蓝色裙子。如今这小裙子还陈列在奥斯威辛纪念馆里，有的地方泛了黄，那是穿过没好好洗净留下来的痕迹。这一层楼里的第一间屋里，有一个大大的玻璃罐，里面盛着灰白色的东西，那是在美国军队解放奥斯威辛死亡营的那一天，从炉子里扫出来的骨灰。在这里是否有这穿小蓝裙子的婴儿的骨灰呢，也许小孩子的骨头小而软，在烈焰熊熊之中，早已烟消云散。想到弗兰克的父亲，他当年也是一个孩子吧，他也在奥斯威辛长大。我并不明白弗兰克此刻的心思，他是后怕呢，还是愤怒，或者是后悔自己在一个漂洋过海的夏天的假期里，居然来看一条生锈了的铁路。要是他想躲避这条远在波兰的铁路，像他的上一代犹太人做的那样，他们只是什么都不想说，什么都不想听，只想平静地度过自己的残生，我也很能理解，苦得太久的人总是不怕糖甜得太厉害的。

听着四周有人说波兰语，有人说英语，有人说西班牙语，我很想分辨是否有人说意第绪语，可我听到的却是奥斯威辛焚尸房里的一声巨响。

那时，导游说过，大战末期奥斯威辛日夜不停焚尸的冲天火光，曾将这里的夜晚照亮，她让我们自己参观。弗兰克去拉开了像一条车轮一样的焚尸炉的圆门，蹲在那前面，将脑袋探进去看。我则一步一步地往后退。那炉子里是淡红色的，被火烧过了头的样子，看上去至今还是热的似的。弗兰克哗的一声将里面的铁板担架拉出来，那是块被烧得七翘八裂的淡红色的铁板。那生涩而响亮的声音将所有的人都吓了一大跳。站在又高又小的窗下的女孩子哇地叫了起来，大家看她时，在阴暗的地方看不到她的脸，只看到她的头发在小窗洒下的光线里，有一圈晶亮的光泽。

然后大家再去看弗兰克。他正用闪光灯对着洞口照相。白色的光，瞬间照亮了坑坑洼洼的炉膛。有多少人死在了里面？焚尸炉的火光曾将奥斯威辛的暗夜照亮。那些被熏死在煤气室里像小山一样堆起来的人，那些绿莹莹的中毒的尸体。弗兰克的爷爷就死在这里，也许就是这个炉子烧掉了他。弗兰克咣的一声把担架又推了进去，炉膛里发出了沉闷的响声。

奥斯威辛死亡营的楼梯和走廊里挤满了参观者，他们穿着五颜六色的汗衫的身体温暖地为我挡住了一些墙上悲恸的目光。我尽量走在他们的中央。他们中有许多人是来欧洲游学旅行的美国孩子，嘴里默默地嚼着口香糖。只有这会儿，他们闭紧了天生爱唠叨的嘴。年轻的美国孩子严正而骄傲地走过，这里是美国军队解放的。解放时活着的犹太人在铁丝网的后面，露出比哭还难看的笑容。看到照片上在美国旗下的笑容，我吓得打了一个大大的哆嗦。这次解放使弗兰克的父亲免于一死，使他得以到达美国。

弗兰克和我走在一起，我说："你为什么还要回这里？"

他说："我要知道我父亲还有什么事没有说。"

在毒气室的外间墙上贴着一张占满了整堵墙的巨型照片，光着头也光着身体的女人们，在二十世纪四十年代波兰的阳光下，将双手遮在两腿之间排队向门里走去。大多数死在毒气室里的女人都先被剃光了头发。那些金色的头发、棕色的头发和黑色的头

奥斯威辛死亡营入口

奥斯威辛死亡营宿舍。三层床上，每一层都曾挤满了人。但后来他们都进了煤气室，死了。

发，有的辫子上还留着蝴蝶结，都留在了奥斯威辛死亡营。党卫军对她们说，剃光她们的头发，是为了防止从各地带传染病来，其实他们是要用这些头发做地毯，织西装的衬里，他们发现，用柔韧的头发织成的衬里，既挺括又跟身体，衣服的样子会很好。

在奥斯威辛我看见一匹用头发织成的布，细而整齐的经线和纬线中间，那金色的头发、黑色的头发，仿佛还泛得出光泽，就像在焚尸房的小窗下惊叫的女孩子的头发，比亚洲人的头发要细软些。据说把这些头发织成布的，也都是奥斯威辛的犹太人。没来得及织的头发，如今堆满了大半间屋子，像一个山坡，卢布林高地的山坡。那里的丘陵，在我经过的那个夏天开着星星点点的鲜花。这头发里面也有星星点点的东西，那是女孩子辫子上的缎带，五十年过去，它也已经泛黄了。而织成了布的头发，一匹匹整齐地垛在一起。那时我和弗兰克望着它们，我想弗兰克一定会猜想那些把自己同胞的头发织成布的犹太女人，心里会想什么。她们为了自己可以活下去，每天做了多么可怕的事情啊，可是为了可以不变成头发中的一缕，她们拼命地工作着，比着织出最好的犹太头发布来。旁边还有一小堆金牙，是从被毒死的犹太人嘴里拔出来的。有人会把那层金子从牙齿上刮下来，将金子再炼成块，做成饰物。所以，死亡营里的犹太手工匠人，是活得最久的。

“这下我理解了为什么好些从奥斯威辛出来的老先生、老女士，在安定下来以后就自杀了。”弗兰克说。

头发的旁边，还有山坡一样的老式皮箱、公文包、女用手袋，还有山坡一样的老式的圆眼镜，细细的金属架子向两耳后面弯去，让我想起辛格在《卢布林的魔术师》里描述的他的父亲的形象，他的童年就在波兰度过，他的父亲就是犹太教的拉比。我想就该戴着这样的眼镜。那里还有山坡一样高的鞋子，那个年代的男人的靴子，女人的粗粗的高跟鞋，孩子小小的红色圆头皮鞋，全都穿得破破的了，鞋面上布满的皱褶，鞋头上还有干了的泥水。他们千辛万苦，翻山越岭奔赴这里，和他们的祖先当时被巴比伦王掳去的情形一样。犹太人在耶稣出生以前，就已经经历被驱赶、被奴役、被大屠杀的命运了，那可怕的命运总是绵延不断，循环往复。

我们跟着导游顺着楼梯往地下走，楼上是做各种可怕的人体试验的试验室。漆黑窄小的地下走廊被拐角光秃秃的电灯泡照亮了一小圈，我觉得自己好像被埋起来了，四周的空气正在减少。这时候我们这队战战兢兢往前摸索的队伍里突然蠕动了一下，有人尖叫起来："让我出去！"

我的整个头皮唰地炸起来，心里只剩下来一句话："我要回家。"

那个头发又细又滑，像棕色丝线一样的美国女孩被人扶着往地面上逃去。女孩经过我的身边时，我看见她的脸就像一个阳光下的雪人一样，迅速地缩小变丑，她说："让我出去，让我出去，请让我出去。"

我还是随着队伍往前走，那一次弗兰克走在最前头，然后导游停下来，指着拐角的走廊说："请进去吧。"

在拐角最黑暗的地方，有一些像樟木箱大小的水泥洞穴，有一个炒菜锅大小的铁栅栏门，那是关人的地方。这个人在这黑暗的地心深处只能像在娘胎里一样蜷着躺在地上。闪光灯一亮，又是弗兰克。他往后一让，所有的人都往后一躲，那漆黑的洞真像一只墙上的眼睛。

大家急急地往外走，直到走到有阳光的路上，奥斯威辛的路上，在草地上开着大片大片黄色的雏菊，还有紫色的小花，是通常开在水边的勿忘我。

从那时候开始，我就一直感到恶心了。

在奥斯威辛的阳光下，等着波兰旅行社的大客车带我们离开这里，忍着我的恶心。

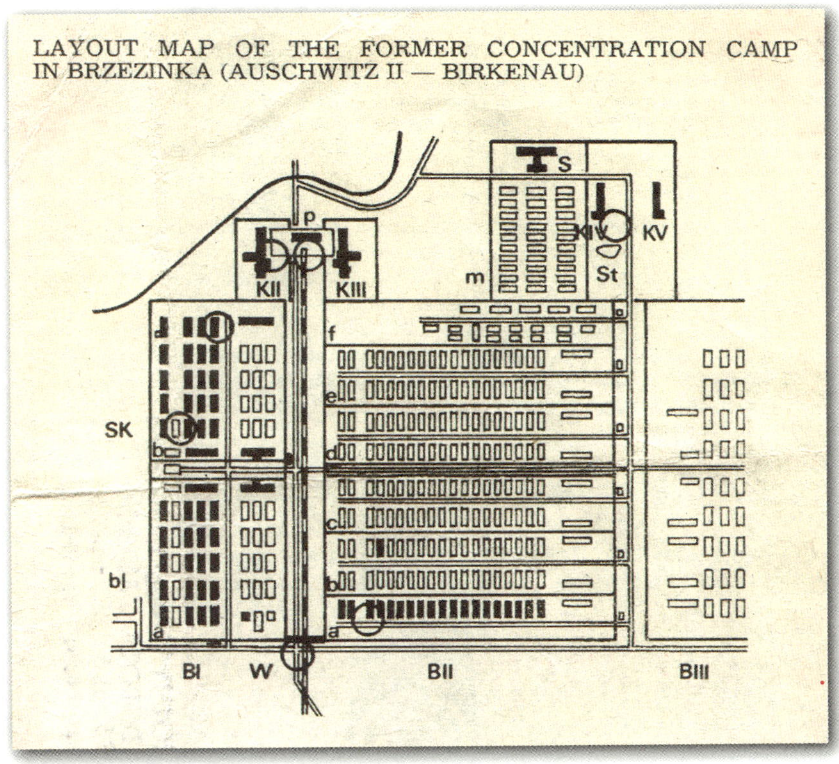

1993年8月、奥斯威辛死亡营导览图

波兰小镇扎莫什奇，曾是犹太人居住的小镇，第二次世界大战后，这里差不多就是鬼城，因为原先住在这里的犹太人都已经被送去了奥斯威辛。

柏林老城的街边纪念地，纪念当年从这里被送走的犹太人。当年这个街角，是犹太人集合点。纳粹将柏林各处的犹太人用卡车运来这里，从这里送到火车站，火车开往波兰的奥斯威辛。

2001年的6月，我去柏林的犹太学校图书馆，为在那里上学的少年读我的德文书，那是柏林国际文学节的一个节目。那是唯一的一个我需要出示护照给门卫看的学校，谁也没想到护照的事，所以我没有随身带护照。图书馆的老师向从以色列来的门卫解释了半天。

犹太学校的走廊上、教师的办公室里，还有图书馆的墙上，都有特别的注意事项，要是学校的警报系统响了，应该怎么做，怎么锁上房门，等待救援。这不是为消防系统而设立的，而是为防止有人闯入，伤害犹太孩子。

图书馆里放着两种文字的图书：德语的和意第绪语的。日常的功课他们用德语上，平时的交流也是用德语的，犹太历史和《圣经》以及语言课，由从以色列来的犹太老师为他们上。所以犹太学校里，德国老师占了大多数，图书馆的老师也是德国人，她为了使学生喜欢到图书馆来，常常把图书馆里弄得很暗，在四周点上蜡烛，让学生们盖在一张大花被子里，听她读书，还为他们准备了糖和花生米吃。

有一个害羞的犹太孩子，戴着犹太人的小帽子，在脸颊边留着两缕长发，穿着黑色的衣服。老师说，他是来自犹太教中最保守地区的家庭，在生活中有不少特别的规矩。我和他照了相，他瘦小的身体靠着我的时候，像一只小鸟一样轻微和警惕，仿佛一触即飞。

犹太孩子们是战后陆续从东欧各国来到德国的。德国对想回到柏林的犹太人提供了各种优厚的资助，为了赎罪。于是，有犹太家庭陆续回到柏林来住。除了生活上的原因，一定也有感情上的原因。曾经有一个柏林长大的犹太人，战争的时候逃出德国，他在美国住过，然后又去了以色列住，最后，他回到柏林安家。他说，他就是想念6月在柏林开满了白花的大树，那种阳光是甜蜜的香气。多么残酷的记忆都不能阻止他想要闻到童年回忆里柏林树上的花香的念头。如今走在柏林的街头，还能看到一些纪念碑和纪念地，那是从前犹太人被杀，被送去奥斯威辛的集中点，是从前的火车站。这城市里到处都在提醒着犹太人的记忆，但是，他们还是回来了，带来了他们的孩子。

不知道那黑衣服的孩子，是不是也会深深地记得6月开满了白花的大树，它们在柏林到处都是，不知道是不是也将在他的记忆里到处都是。柏林对于他，虽然不是故国，但也真的就是家乡。

索引卡片5

- 考纳斯魔鬼博物馆《去北地，再去北地》
- 塔林维鲁酒店克格勃监听中心博物馆《去北地，再去北地》
- 莫斯科新圣女修道院《去北地，再去北地》
- 彼得堡罗要塞博物馆《去北地，再去北地》
- 伊斯坦布尔圣索菲亚大教堂博物馆《捕梦之乡：＜哈扎尔辞典＞地理阅读》
- 纽约埃利斯岛移民博物馆《跟屁虫进行曲》
- 纽约唐人街华人历史博物馆《跟屁虫进行曲》
- 旧金山天使岛移民博物馆《跟屁虫进行曲》
- 旧金山唐人街华人历史博物馆《跟屁虫进行曲》

图集五

博物馆的背影

◆ 有金发，是犹豫着

◆ 是端详着

◆ 有个秃头，是欲拒还迎

莫扎特写《安魂曲》的地方

维也纳老城里的街道，像是上海，也是东西莫辨。4月的雨把一切都打湿了，站在小街的拐角四望，看不见一个行人。街道上没有一棵树，两三层楼的老房子，大多数是灰色或者灰蓝色的，厚厚的橡木门都紧紧关着，在雨里，老城突然展现出了从前的面貌，像上海在下雨的天气里会在老房子里突然闻到多年沉淀下来的种种气味那样，那个没有记住名字的维也纳老城的街道，让我想到了十八、十九世纪的蚀刻画，湿漉漉的窄街，还有老房子。

我是想要找一个咖啡馆去躲雨，谁知道经过了一扇门，又一扇门，路过一个小小的老式旅馆，就走进了一个小小的纪念馆。这小纪念馆一定是从前维也纳寻常人家的房子，木楼梯又陡又窄，就像上海的石库门房子。在楼梯迎面的墙上看到了莫扎特的像，这才知道，原来这是到了莫扎特在维也纳的故居。

耳朵里好像就听到了莫扎特的音乐，和谐的、愉快的、优渥的，带着一点小得意。二十岁的时候，我觉得他懦弱，对自己总

莫扎特在维也纳最后曾住
过的小巷

是不如意的生活，怎么也改不了的赌博恶习，像泥潭一样又深又黏糊的贫困，他总是顾左右而言他。三十岁的时候，我觉得他坚强得那么华丽，他怎么就能够在他的曲子里从来不说在越来越糟的生活里的辛苦，也不说自己作为一个神经质的乐师曾感到的生活的甘甜，从来不。他总是描绘一个在音乐里浮现出来的神圣和完美的世界，后来，有医生把莫扎特的曲子放给精神失常的病人听，作为安抚精神狂躁病人的辅助治疗。同样都是对付那纷乱无常的生活，有人就是心智崩溃了，可也有人能创造出十全十美的精神世界。而这个人，是一个常常生活在困顿之中的人，他并不懂得经营自己的天才，保护自己的生活，他的孩子总是接二连三地死去，他三十五岁留下在病中没有完成的《安魂曲》，就是精神科医生如今建议病人听的曲子之一。他在离这里不远的一栋老街的房子里辞世，由几个工人抬离他的家，放上一辆破烂的马车，因为莫扎特家族在萨尔茨堡，莫扎特没有钱，所以他们把他拉到城外的圣马克斯公墓草草埋了。现在没有人在意他的墓地到底在哪里，倒是他太太的墓地好好地放在萨尔茨堡的教堂墓地里，让很多喜欢莫扎特的游客祭扫。

《安魂曲》的第一句唱词是：“上帝啊，请给我永恒的和平。”他死在12月维也纳冰凉的房子里，由于莫扎特家没有钱买木柴。听说预付给他写《安魂曲》的一百个金币，已经被病中的莫扎特输在赌台上了。

古老的木头楼梯，在我的脚下嘎啦啦地响着，当年也许年轻的贝多芬也像我一样踩着咯吱作响的楼梯，到莫扎特家学钢琴的吧。莫扎特在困顿中也做钢琴教师，他曾教过贝多芬两个多月的钢琴，但为什么他们没有成为朋友，也没有继续师生的关系，现在并没有人知道。但有时听贝多芬的音乐，我会为贝多芬感到惋惜，要是他与莫扎特相处的时间更长一点的话，也许他能修到莫扎特将音乐奉为神界的古典的心。莫扎特从来不用自己的生活去打扰音乐的世界，从这一点上说，他是个圣徒。

楼上空空的房间里没有人，放着一架小小的老钢琴，那是莫扎特当年在这房子里用过的。长长的窗子前，是老城下了雨的街角，看上去有一点阴郁，有一点冷漠，有一点隔膜。当它们加在一起，就是一个日常生活。莫扎特没钱买蜡烛的时候，应该就是在这里借着天光写谱的吧。当他向五线谱纸俯下脸去的时候，就像一只天才的鸵鸟，把自己的头埋到理想世界里去了。从小孩子的时候，他就成天坐在那样的老式钢琴前面写曲子、练琴了，他是当时欧洲有名的音乐神童，他的钢琴老师，是他的父亲。到他将要辞世时，他的卧室里还是放着钢琴，那老式的淡棕色的琴，用象牙片做的琴键，手指上的汗渍留在象牙片上，就留下了黄色的痕迹。那架琴实在是用得久了，琴键被手指磨出了一个个浅浅的凹痕。因为是莫扎特故居的琴，我不可以摸，所以只是站在那里望着，那么多安抚人心的音乐就是通过那些小小的凹痕，从莫扎特的心里变成了声音的吗？

房间里有一些耳机，戴上耳机，就能听到莫扎特在这间房子里写的曲子。因为他在这里写了著名的《费加罗的婚礼》，所以大家都叫它费加罗的房子。他写曲子从来不难，像是用笔尖戳一个小洞，曲子就会从他心里的世界流出来。即使是在维也纳的艰难日子里，他写的音乐也总是和谐的、愉快的、优渥的、有一点小得意的，它们明朗地浮在干干净净的提琴声、古钢琴声里面。我好像看到了宫廷里璀璨的大吊灯、天使滚圆的脸、美丽女人贴在

莫扎特写《安魂曲》的地方

莫扎特写《费加罗的婚礼》的房子

脸上的假痣，还有明亮阳光下面把树修成了圆球的法国花园。还有费加罗高亢的明亮的歌声。他从来没让生活战胜自己优美的曲子，他从来不肯被日常生活弄脏，于是他的音乐里从来不缺优雅与谐谑，也许也可以指摘他对待生活是如此的鸵鸟，其实，他比贝多芬对生活的大举控诉，要更坚忍，他的精神像钻石一样，是小小的、奢侈的、华丽而坚硬的一粒，让人不忍心迫他说出自己生活的真相。在莫扎特的音乐里，我突然想，这些音乐其实也救了莫扎特呢，要是没有这些钻石般的音乐，他的人生该是何其失败。

很少的访问者，穿着雨衣，像影子一样无声地掠过屋角雨中的阴影，又离开了。除了耳机里的音乐声，就是潇潇的雨声了。维也纳的莫扎特故居，完全没有在萨尔茨堡的莫扎特故居那样的热闹和经营，那黄色的三层楼房子，在一楼可以买到包着莫扎特像的著名巧克力球，二楼有一个喷香的咖啡馆，里面可以吃到奥地利有名的甜品，三楼可以看到莫扎特出生的房间，还有他小时候用过的钢琴，不知道是不是因为他在萨尔茨堡出生，而且出名，他出生的房子就这样热闹，被隆重地印在明信片上，由莫扎特爱好者寄到世界各地的家乡去。萨尔茨堡已经完全忘记了当年对莫扎特的冷淡，记得的，就是这个十八世纪戴着羊皮假发的圆脸音乐神童。要到维也纳的房子里来，才能想起他的幸运与不幸，想到在最后的日子里，他将没有完成的《安魂曲》唱给来探病的朋友听的时候，他的一声“上帝啊，请给我永恒的和平”，让在场的人都热泪盈眶的传说。

站在窗子前等雨，耳机里的音乐给人错觉，好像这些音乐只为我一个人而来，就是在这陌生的街角、陌生的房子、陌生的窗子前，也让人不能离开。当年，一个下雨的上午，一个陌生的灰衣人带着一百个金币来要求已经生病了的莫扎特写《安魂曲》，莫扎特认为那个不肯说出姓名的灰衣人是上帝派来的使者，暗示他将要不久于人世，写《安魂曲》是要他做去天国的准备。他接受了。现在，4月的一场雨带我到莫扎特在维也纳的寂静的故居来，那是他写作了《费加罗的婚礼》的房子，没有巧克力，也没有明信片，但可以站在他的房间里温习他的音乐。

Mozarts Geburtshaus

MOZARTSTADT SALZBURG
Mozarts Geburtshaus in der Getreidegasse
SALZBURG, THE CITY OF MOZART
Mozart's birth-house (Mozart-Museum)
SALISBURGO, CITTA DI MOZART
Casa natale di Mozart (Museo di Mozart)

我已经从Wien出来，到奥地利南部的Salzburg，这是莫扎特出生的地方，在庭园边上的黄色房子里的Cafe吃了一些东西，咖啡和蛋糕，旅程到现在暂告结束，过得很好。接下来缓慢地回到德国。不知道太阳狗现在好吗？应该考试了吧？祝太阳狗考得好。老师一直说太阳会进步的，所以太阳狗也会很好的，一个小孩，在妈妈不在的时候考试，比有爸爸妈妈帮助时候的考试要厉害多了，因为每一个进步都是自己得来的啊！1996年.June

To: Shanghai, P. R. China

中国上海绍兴路7号 三联书店出版社

陈保平，陈太阳

陈丹燕寄自Salzburg

Copyright by MM-Verlag, Karolingerstr. 5B, 5020 Salzburg

Nr. FS 30

一树红花

去维也纳郊区的圣马克斯公墓找莫扎特的墓，大概是每个爱好莫扎特的人，到了维也纳都想做的事情，我也是。在维也纳名人公墓里有专门为莫扎特造的墓，可它到底不是真的，里面没有莫扎特的遗骨。莫扎特在贫病中去世，被家人草草埋到圣马克斯公墓里。在哪本书上读到的，我已经忘记了，那时维也纳城中正流行瘟病，进公墓的死人都用石灰封墓，怕瘟病传染人。圣马克斯公墓一时人满为患，莫扎特的墓很快就找不到了，所以迁坟的时候，也没有找到他的遗骨。不过，还是忍不住去圣马克斯公墓，到底莫扎特在那里的什么地方睡着。

那个公墓很安静，秋天的时候，大棵大棵的醋栗树，啪嗒啪嗒地往下掉褐色的醋栗，树下铺了一片。我一路走，一路捡，一路装在大衣的方贴袋里，打算回家供在玻璃大碗里。“这就是巴尔扎克的小说里总是提到的醋栗。”我对自己说。

这是个拥挤的老公墓，墓碑挨着墓碑。缓缓的坡地上，除了

几百年下来的墓碑，就是满目的绿色，草、橡树、醋栗树、苹果树、橘子树，还有常春藤。常常就看到在草丛里落着一个鲜红的苹果，都摔烂了。抬头一看，头顶上满枝都是苹果。我心里想，这就是莫扎特的地方，他埋在这里的什么地方就对了。

圣马克斯公墓到底不甘心，用一块铜牌子，为来找墓的人指了莫扎特墓大致的方向。还特别圈出来一小块空地，表示莫扎特墓的大概位置。奇怪的是，整个公墓，就是这块地方最不好看，像个新剃了头的乡下孩子，一点也不莫扎特。

我转了一圈出来，往对面一看，那里也是一块小小的空地，长了一棵苗条的、均衡的、秀美的小树，像一个文雅的笑容那样，在维也纳10月的树上，开了一树的红花。

我想，那才是莫扎特的墓吧，这棵树，就像是直接从莫扎特的心里长出来的。

歌德写《浮士德》的地方

从柏林出发，经过一些德国东部不高的山冈，山上的树林被秋天的阳光晒得成了黄色的、浅金色的、金红色的和棕色的，橡树林像夜里的火焰一样灿烂，枫树林像秋天的阳光一样又明亮又脆弱，而松树林只是不动声色地微微发红了。有时看到远远的山冈上有金箔似的东西飘起，沿着山坡滑下去，那是从意大利吹过来的最后的暖风，扫起了那里的落叶。那样结实的金色落叶，一定是银杏树的。那就是歌德在魏玛的宁静书斋中研究过的树叶吗？他为它写的论文，是歌德对植物形态学的贡献。

经过通往法兰克福的岔路，去魏玛的道路一直向前。路过了看上去十分古老的小城，小城中心广场上的哥特教堂尖顶上鱼鳞般的灰色的火山石瓦，在阳光里很虔诚坚定地闪闪发光，离开小城不远的山上，险峻的崖边，有阴郁的城堡。那里在德国割据的年代，一定是一个小公国。1775年的时候，二十六岁的歌德离开他的出生地法兰克福去魏玛，也是朝这个方向的吗？在法兰克福老城的宅子里，他父亲请了不同学科的家庭教师来教导歌德。有人说这样良好的教育，是日后歌德成为德国伟人的一个原因。在歌德的年轻时代，他已经是德国狂飙突进运动的主要人物，提倡独立的个性，反对虚伪的道德。魏玛的公爵是个喜欢文学和绘画的人，他将年轻的歌德请到魏玛，在那个被绿树和山冈环绕的小城，歌德度过了他漫长平稳的一生，在弗劳恩普兰的房子里，他写出了世界名著《浮士德》，那是现在全世界学文学的人在基础课时的必读书。

秋天的魏玛，是一个被金色的橡树团团围住的小城，满城都是落叶湿润而森然的芳香。刚进老城，就看到李斯特曾经住过的房子的街角，然后又看到旧市场上巴赫住过的地方，穿过市场就是歌德的好友席勒的家，那是一栋黄色的房子，席勒在那里去世。在斯帕林咖啡馆那里拐弯，就看到在一个绿色铸铁的喷泉后，有一排三层楼的老房子，晾在白天鹅饭店的边上，那就是歌德的家了。要是有客人来，歌德就在这个小饭店里请客，和客人一起在这里喝酒，这是书上有过记载的，所以现在，只要来看歌德家的人，都愿意去白天鹅饭店吃点什么，在心里想着歌德。对面的小酒馆就不高兴了，自己在外面拉出一道黄色的横幅来，用大字写上“歌德在这里喝过酒”。因为歌德要过他二百五十岁的生日，魏玛在1999年成了欧洲文化首都。于是，魏玛遍地都是歌德，书店里卖歌德的书，旅游纪念品商店里是歌德的小胸像和树叶的镀金别针，来旅游的人手里拿着旅游书，书的封面上也能看到歌德的脸，他微微隆起的眼睛向右看着，头发已经白了。

在歌德家的门边，有一条小小的侧弄，那就是肥皂弄，卵石

歌德在法兰克福老宅里用的写字桌，
这期间，他写了小说《少年维特之烦恼》

从歌德的家通往歌德设计的伊尔姆公园的古老小径。让人想到也许，歌德当年也随着这条小径去公园，那里他有一栋小屋子用来独自休想和阅读。穿过公园，便是夏洛特·冯·施泰因夫人的家，他从前的情人。

的路面上伏着落叶，踩上去沙沙地响。当年年轻的歌德，来到魏玛，在这里爱上了贵族冯·施泰因的妻子夏洛特，他是不是就是从这条路去见夏洛特的？她的家是一栋大而平淡的房子，面对着绿色的野地，后来歌德把那一大片草地和小河的野地，设计成了一个秀气的公园。歌德见到夏洛特的时候，她已经是八个孩子的年轻母亲。她当年一定是像歌德小说里的绿蒂一样可爱，可是她不能离开家，去和歌德在一起。歌德总是到她家去看她，给她写信。在歌德爱着夏洛特的十年里，他给她写了一千七百封信。歌德穿着绿色的短呢外套，是十八世纪末的德国式样，带着他写的信，在十年中的一个秋天的下午，也踏着沙沙的落叶，经过寂静的小弄堂，去见夏洛特。他们一定是真正爱过的，那种因为绝望而凄美的爱情，使夏洛特成为一个不快乐的妇人，就像要用《少年维特之烦恼》中维特的死来摆脱一样，歌德离开魏玛去了意大利。

歌德在那里爱上了意大利的艺术。他爱情的风暴是不是被托斯卡纳阳光下甜美的风光平息，我们永远不会知道。从意大利回来，歌德有了新的女人克里斯蒂安。他和她，用从意大利带回来的画、石膏雕像、画盘和托斯卡纳蓝色的圣母子布置他们的家，现在被称为歌德国家博物馆。歌德从此在那个大房子里过着平稳体面的书斋生活，著书立说，成为德国文学史上的圣人。肥皂弄边，魏玛公国枢密顾问家黄色的大房子，成为十九世纪初欧洲知识分子的一个中心。

歌德家新打了蜡，刚上楼梯，就闻到一股地板蜡的味道，十分地家常和平稳，那一定是歌德要的。客厅、餐厅、起居室，一进一进的，向着广场的每一间房间都有带着地中海情调的不同颜

歌德家的房子。在这里他
写到《浮士德》。

色，装饰着意大利的艺术品，有平和而稳定的趣味。听说这都是歌德亲手布置的。向着花园的那一面，是歌德的书房，收藏石头的房间，还有他私人的图书馆，那些已经发黑了的木头架子上，放满了现在已经变成棕色的书，现在没有人可以摸它，更不用说翻开书了。歌德的桌子远远地望过去，好像留着许多墨迹，马上就能让人想到歌德的著作。特别是在边上的橱里就放着《浮士德》的手稿。在他写字桌面对的墙上，挂着一个女子的侧面像，在这个庄重的书房里，那不会是夏洛特的像。在这里，穿着淡灰色长大衣的歌德，站在书房的中央，离开他的写字桌，向秘书口述对《浮士德》的修改。他并没有纠缠在爱情里，而是选择了平和的生活，用他的激情去创作不朽的著作。

那是魏玛的黄房子里一个十全十美的歌德。因为歌德，魏玛成了一个修缮一新、十全十美的德国古典小城。人们维护着它的古风和完美，把夏洛特的房子改造成了魏玛的歌德学院。只有一家在火车站附近的歌德卖品店里，能看到一个哄正在断奶的孩子用的假奶嘴，奶嘴是歌德庄严的胸像，用食用软塑料做的。掌店的是个年轻的女子，她笑嘻嘻地说：“它也是真实的歌德。”

歌德写作《浮士德》
时的情形。想必当时室内并不
暖和，他们都还穿着大衣，
而且也穿得不舒服，在室内也
都穿着皮鞋。

KULTUROTHEK

Frankfurt

Sonderprogramm zu Goethes
250. Geburtstag 1999

Wer den Dichter will verstehen,
muß in Dichters Lande ziehen
(Goethe)

歌德头像

夏洛特小道

在魏玛的老公墓里，埋了歌德。他是那么有名，所以要为他和席勒的墓盖一小栋房子，作为纪念地。这纪念用的房子，在墓地的左手边。在右手边，更古老的大理石墓碑群里，能够看到夏洛特·冯·施泰因夫人的墓。她比歌德早死了许多年，而其实，大概在她发现歌德离她而去的四十四岁的那一年，她在精神上就已经死去了。

生活就是这样的，美好的东西，像浮在河流上的落花一样，在你并没有想象到的时候来了，又不可阻挡地离你而逝，歌德和夏洛特一定是有过美好的时刻的，他们有十年的相恋。但是有一天，一切还是结束了。这结束置夏洛特于死地。而歌德顾不得这些，他将要成为德国的伟人了。

夏洛特先是一个绝望的妇人，她得独自适应那些歌德再也不来了的下午，没有人可以谈心的下午，而且永远也不会有人可以胜过歌德的亲切与智慧，在她的余生里，她得适应这种绝望。

然后，她成了一个嫉妒的妇人，她不断地批评歌德的新女友克里斯蒂安，挑拨魏玛的贵族们与克里斯蒂安之间的关系，为难谨小慎微的歌德。这种嫉妒一定也同样刺伤了她自己的心，使她变得恶毒。

最后，她成了一个得抑郁症的病人，她的生活因为有过与歌德在一起的高潮而跌得粉碎。我想，她一定在知道自己可以死去了的时候，松了一口气。

她的名字与《少年维特之烦恼》里的绿蒂相近，她的背景几乎就是绿蒂的背景，结了婚，有八个孩子，丈夫生了病。她和歌德之间发生了什么激动人心的事，也和故事里的一样。但结局却是不同，歌德因为逃脱而重生，夏洛特则生不如死。两者之间的距离，我想就是小说和生活之间的距离吧。

多少年来一定有人传说歌德逃离夏洛特，在十年以后，是因为夏洛特一天天显老了，所谓色衰而弃。生活里的残酷，是小说所始料未及的吧。

拱顶

在木偶博物馆没客人的时候，管理员本，就读一本十八世纪的诗歌巨著《浮士德》，毫无目的。

一间堆满古书和杂物的，有拱顶的哥特式房间里，浮士德在写字桌旁焦躁不安地坐着。

啊，盈盈的明月清光
我曾经倚靠在这桌旁
多少个深宵守着你升起
忧郁的朋友，请最终一趟
再来照一照这图书纸片
再来照一照我的忧伤

《浮士德》里这样写着。

本想起楼上的巴洛克木头舞台后面，斜靠着一轮用洋铁皮做的圆月。它被钉在一根长木棍上，木棍被涂成黑的了。是十七世纪古老的波希米亚木偶戏班子留下的行头。

他想，歌德小时候看的木偶戏《浮士德》，演到举头望明月的烦闷老博士，月亮就应该从舞台后面升起来了吧。有个人，在舞台暗影里将它慢慢举起，它微微晃动，是因为那个人呼吸起伏的缘故。楼上陈列的那个巴洛克舞台，应该是欧洲木偶戏里最老旧，而且保存完好的浮士德舞台了。

在这个舞台上，浮士德博士不是歌德笔下那个进取的人，而是十五世纪的约翰·浮士德，一个传说中的人物，会炼金，又喜欢占卦，最后把自己的灵魂卖给魔鬼。木偶戏说的是中年人不甘心老去的可笑，还有一个叫孟菲斯特的魔鬼，以诱惑人堕落为使命。

狮子狗变得又大又长
前身往起猛一扬
不再是狗的形象
我领回怎样的一个恶魔
看来与河马一般模样
牙龇得可怕，眼冒火光

在木偶戏里，此刻幕后就会欢天喜地地响起一声惊雷，孟菲斯特就会突然现身在他书房羊皮面地球仪旁边黝黯的一角，发出嘹亮的笑声。

诗剧里提到，月光照亮了浮士德博士的书斋、小丑帽子上的铃铛、装毒药的小蓝瓶子、一个白色颅骨，还有齿轮，这些也都是木偶戏台上古老的陈设，现在都陈列在木偶博物馆里，本有时去掸掉那上面的浮尘。

本此刻也身处在一个有拱顶的老房子中，俯身在大辞典上。Brokehaus（布罗克豪斯）的辞典极大极厚，深蓝色的布面，就像木偶戏台里的浮士德博士的书房里，放在地球仪旁边的那本书一样夸张。本享受翻动一本厚重大书的那种郑重而且古老的乐趣。小心翼翼，拖泥带水地翻动薄薄的书页，毫不果断和精确。是的，他如今喜欢这种在手提电脑的翻译软件上消失殆尽的古老动作。

他正在查“拱顶”这个词的他解。他认识这个词，与英文里差不多，可他还是想用一下老式德文辞典。一个人的心越静，就越能感受到旧式辞典那种迷宫般的乐趣。辞典里的词条极其丰富，有许多古老的例句令人意外，要是解释名词，则会配上小图。比如这个词，“拱顶”。

克利姆特画室

在我的心里，古斯塔夫·克利姆特就是维也纳。早在第一次到维也纳，那是我第一个单独旅行的欧洲城市。1992年，第一个自己找到的年轻人旅店，在靠近美泉宫的西火车站附近的一条街上，那窄小的楼梯的墙上，就挂着克利姆特的画，他的画让我不能忘记，用了很多的金色、很多的圆圈和方块的图案，带着华丽的、纤细的、阴郁的、神经质的感情。每天在那样的楼梯上进进出出，透过欧洲十九世纪的老房子昏暗的光线，克利姆特画里的男人和女人，在接吻的时候，手指和脚趾都紧张得痉挛起来了。那时候我重温了，在恋爱时那种灾难般的窒息，好像活不下去了。

维也纳是个很布尔乔亚的地方，在茜茜公主的王族传统下，贝多芬要住在这里，直到死去，莫扎特也要住在这里，直到死去。舒伯特干脆就生在这里，也死在这里。没出名的时候，施特劳斯在多马耶尔的赌场演奏自己写的圆舞曲，出了名以后，维也纳的城市公园，在夏季的时候，夜夜的露天华尔兹舞会都演奏他的曲子，皇帝干脆把他封为奥地利的音乐之王。歌剧院夜夜演出不同的歌剧，一年里的曲目都不会重复，煤市场上的皇家糕饼店里的糕点漂亮得让人舍不得吃。巴洛克艺术馆让人看着头昏，而青春艺术派的艺术家们造了他们自己的博物馆，那房子上有一个金色和绿色的花叶圆顶，他们终于带着维也纳善用金子装饰自己的气质，从巴洛克的华丽中脱胎而出，成了自己。一时间，青春艺术风格出现在维也纳的大街小巷，横跨市区的地铁绿线车站，都是精美的作品。连远在东南边的公墓里，都可以找到青春艺术风格的墓碑。一生都和自己的母亲姐妹住在维也纳老城区公寓里的克利姆特，就是那时候出的名。这时候，弗洛伊德在这里开了诊所，写了《梦的解析》，茨威格的新书在这里成为畅销小说，资产阶级妇女人人争读那些维也纳的故事。后来，维也纳导游书上的一则广告，是古斯塔夫·克利姆特牌香水，扁扁的香水瓶上，印着克利姆特笔下的黑发女子，在片片金箔中半合着眼睛，奢靡而茫然，能让人体会到她的脆弱。

直到现在，在维也纳妇女的身上，还是能看到许多金饰，像哈布斯堡王朝的风格，也像青春艺术风格。黑色的如瀑鬈发、手腕上的厚重金环、固定住羊毛披巾的金狮子头扣环，每一次在维也纳，都在街上看到这样的女人，都让人想到克利姆特。

克利姆特画了一辈子维也纳的女人，他肉体的情人大多是从乡下来做模特的简单的年轻女孩子，他精神上的情人是聪明美丽的女子埃米莉。他与模特做爱，与红颜知己散步谈心，与母亲住在一起，被姐妹照顾，在他临死的时候，还有一幅画没有完成，画中的女人年轻的脸上有鲜艳的面颊和湿润的眼睛，像是刚刚从性爱的风暴中安静下来。在他临终时，他最后一句话，是希望精神上的爱人能守在身边。他穿着希腊式的灰蓝色长袍子，他画的，大多是模特们丰满的身体，和埃米莉精致的脸。虽然他一直不缺少女人，但是他一辈子都没有结婚。

他一定是怕什么吧，以至于不能结婚。这一点弗洛伊德医生可以做一次分析。他可以与许多女人做爱，但不谈精神。也可以与一个女人在精神上非常密切，天天都见面，散步，一起去湖畔旅行，甚至一起办青春艺术风格的服装秀，但没有性。他是一个不能迁就可是又脆弱的人吧。这种处世的态度，像茨威格。

2001年的秋天，我去找贝多芬在小公园里的墓地，搭地铁绿线。绿线经过市区时，可以在窗上看到市立总院的住院部大楼，那时，突然想到了克利姆特。他就是在这里的病房里去世的，1913年，他死于中风。

那一年的秋天，我有不少时间在维也纳闲逛，我住在美泉宫后门的荣耀路上，那里净是百年以上的老房子，时不时就可以看到一栋青春艺术风格的房子，总是旖旎的样子。星期六，教堂有卖二手货的市场，我去淘便宜货，可我看中的，都不便宜。与摊主讲价钱，他们就捧着我要的烟灰缸，或者花瓶，还有玻璃糖缸声明说：“这可是青春艺术风格时代的啊。”

就是在那个教堂后院的市场上，我发现有一沓广告纸放在桌子上，不知是谁，用一个旧玻璃烟灰缸压着。那就是古斯塔夫·克利姆特山庄的广告，这时我才知道，原来克利姆特的画室就在这附近，因为靠近郊区了，还有一个大花园，所以叫克利姆特山庄，现在那里是克利姆特博物馆，喜欢的人可以去那里参观。

跟着广告纸上的手绘地图，我带着买来的金色的烟灰缸和花瓶以及玻璃糖缸，去找克利姆特从前画画的地方，那是他画最后一幅油画的地方，也是他和埃米莉办服装展的地方，埃米莉还穿着带点东方风格的青春艺术风格的衣服照了相，那相片还挂在山庄的墙上。

好久没有修剪的大树，树下落了满地褐色的栗子和落叶，将要枯了的草地，褪色的黄色大房子，一点点克利姆特式的阴郁气氛，发黑的木头门，玻璃上有雨点的痕迹，长出了野草的石阶，一只夜莺躲在哪里不停地唱着流利的歌。这，就是现在的克利姆特山庄。

一楼从前是他的画室，他没有画完的画就是从这里被搬出去的，现在画室里留着他用过的画架、笔、调色板，还有一只卧榻，是给模特用的。没有他招牌的金色，没有鲜艳的红色和绿色，他画室里的东西都是黯淡的灰白色，还有木头本身的颜色。但是，那房子里流荡着的阴郁，还是很地道。现在，这里面又加上了伤逝，与画室连着的小房间的窗上被野生的藤蔓爬满了，苍白的阳光一点一点地从发红的叶子上漏进来。这间屋子原来是克利姆特的书房，里面还挂着他晚年喜欢的中国人物画。从照片上看，满满地放着书桌、沙发椅子，来自东方的古董，现在已经成了空空的房间，只是在墙上陈列着他没有完成的画稿。原来克利姆特习惯进出的大门，现在已经封住了，因为那扇白木头门太旧了，已经不能再用。阳光斑驳地照着失修的门和玻璃、泛出了锈迹的铁花窗，这是克利姆特的最后一个画室，在这里，他放弃了作为青春艺术风格标志的画中金箔，改用鲜艳的颜色，像中国古代的彩色人物画那样，他的人物身上也有了细致的衣服的皱褶。

埃米莉的照片就挂在门边的墙上，原来的门厅。她是华丽的、体面的、聪明的、富有教养的，一切都衬托着她那对不肯迁就的

1915年由莫里茨·奈尔拍摄的
克利姆特山庄的入口。

眼睛。她也是个不肯迁就的人吧，因为不肯迁就不符合自己标准的人、事和生活，但无力改变它们，也无心推翻它们，所以就躲避它们，这大概就是她最终没有与克利姆特成为夫妇的一个原因吧。维也纳人的心，是细致、精巧、脆弱、颓唐、丰富的，有一点与现世赌气的情绪，还有一点大势已去的绝望，所以他们没有巴黎人的优雅，没有罗马人的强悍，没有马德里人的破罐子破摔，没有慕尼黑人的乡气，没有翡冷翠人的甘甜，他们像克利姆特画里的人那样，美丽、紧张，沉醉里面喷薄欲出的，是见不得人的玄机。也许就是那种飘荡在身上的华美的阴郁，使得埃米莉成了克利姆特的红粉知己，也使得克利姆特的画成了维也纳的香水。

克利姆特山庄并没有得到像哈布斯堡王朝遗迹那样的精心保护，比起王朝来，克利姆特只是一个后来的资产阶级画家。克利姆特的坟也没有像莫扎特、贝多芬和勃拉姆斯那样被维也纳市政府郑重地迁入维也纳名人墓地，他独自睡在离画室不远的美泉宫边上的公共墓地里，甚至，墓地都没有为他的墓做一块指示牌，要是没有熟悉的人领路，简直就不要想找到那小小的墓地。甚至，他的墓碑都不是青春艺术风格的，只是一块方方的浅棕色的石碑，上面刻着他的签名，后面种了一棵白杨树。比起贝多芬他们来，克利姆特只是一个后来的坚持着资产阶级世界观的画家，表达的情感，与他们古典的精神相比，太纤细了。连维也纳人也没有把他当成伟人，他是个典型的维也纳画家而已，奋力从巴洛克的重压下逃出来，为哈布斯堡的荣耀褪色以后的生活留下属于自己的记忆。

面对古典的、王朝的辉煌遗产，资产阶级的心灵世界就是像克利姆特山庄这样。面对米开朗琪罗的巨作，克利姆特的画也一

现在入口已拆了。

克利姆特画室

定被称为小气。但令人不能忘记的，却是他因为不肯迁就而起的脆弱。那是踯躅于工业时代人心的感情，为了一个真正的吻，脚指头和手指头都抽筋了。

2004年、维也纳，咖啡馆墙上的克利姆特。

克利姆特的《吻》，是博物馆的镇馆之宝。

弗洛伊德家住在维也纳的一条寻常大街上，在他家那条大街的拐角上，有一家用青春艺术风格装饰起来的餐馆，下雨的上午，又冷又湿，空气像冻住了一样，上海冬天下雨的时候也是这样。有人坐在垂着白花边的长窗前，默默地喝着加了威士忌的咖啡，满脸都是心事。这就是维也纳寻常的大街的情形。

弗洛伊德家在19号，他家大门的照片被拍成了明信片，我一到他家大门口，就认出来了。这里是他的家，他的诊所，从1891年到1899年，他的《梦的解析》就在这里写完、发表，引起轩然大波，他自己也成了搅动世界的三个著名犹太人之一，一个是马克思，一个是爱因斯坦，还有一个，就是维也纳的面容阴郁的医生，弗洛伊德。马克思的理论，搅动了我父母的青春时代，而弗洛伊德，则搅动了我的青春时代。像我的父亲常常会考虑剩余价值到底进了谁的钱包一样，有时午夜梦回，我躺在枕上，总是先猜，在刚刚的梦里面，有哪些东西暗示着被压抑在潜意识里的性欲，哪些东西则是因为童年经历带来的创伤。我的丈夫也是在八十年代言必称弗洛伊德的中文系同学，要是他也醒着，我们讨论梦里的事，用的，也都是《梦的解析》里的手段，但是口气里带着一点玩笑，因为我们后来也读到了荣格和范妮的书，他们是弗洛伊德的学生，但是没有弗洛伊德学说的那种绝对化，他们说的，正是我们心里质疑的，我们也不那么接受把人生所有的问题都归结到被压抑的性欲，和被伤害的童年。

然而，弗洛伊德就是弗洛伊德，推开19号公寓的大门，那十九世纪的老公寓有长长的门厅和走廊，还有一个绿树环绕的后院，丁香树还绿着，到了春天的时候，就会开满树的白花，熏香了整条走廊。一个人在走廊里走着，听到自己的鞋跟在响，正向弗洛伊德家走去，在楼上弗洛伊德的诊所里，他遇到了著名的病人多拉，还有他书里写到的鼠人和狼人，他们都是走在维也纳大街上一眼望过去普通的人，可是弗洛伊德在对他们的催眠术治疗里，发现了人类心灵中一个广大而黑暗的潜意识世界。当年，多拉、鼠人和狼人，也和我一样，经过静静的十九世纪老公寓的走廊，上楼，看见后院的丁香树，到弗洛伊德家去，在铺了红毯子的沙发卧榻上，接受催眠术治疗，他们以为因此能治疗好自己难言的焦虑和紧张，并不知道从此自己隐秘的心灵世界将大白于天下，他们的经历让世人知道，在自己意识中的世界以外，自己的心里还有一个黑暗的、无声的、广大的潜意识的世界，那里藏着一个更加真实的自己，而这个自己，也许自己都不忍接受。我想，我也有这样一个黑暗中的潜意识世界吧，这是在“文化大革命”中度过少年时代的我自省的基础，要是没有在十九岁的时候，如饥似渴地读过《梦的解析》，从小看着谎言和迫害长大的我，大概也

弗洛伊德的客厅，当初来诊病的病人就坐在这里的沙发上候诊。“星期三俱乐部”也在这里探索人的潜意识。

会迷失在将所有错误推到别人身上的习惯里去的吧。

《梦的解析》，对于一个在“文化大革命”中长大的十九岁中文系学生来说，是一个很大的震惊。从那时候开始，弗洛伊德的烛光，带我发现了谎言后面的黑暗的广大世界，那是凡人的心灵，纯洁的和肮脏的混淆在一起，每个人都是一样。对于以后将要成为一个作家的我来说，弗洛伊德是我的第一根蜡烛。过了二十多年，偶然的机会，我住在离弗洛伊德家只有一条马路之隔的地方，偶然地，和一个朋友散步，一起走过这个街角，他点着19号门口维也纳旅游局挂的国旗，那是历史参观点的标志，他说：“那就是弗洛伊德的家啊。”到了这时，我才回头，才看到弗洛伊德在我成长中散发的光亮。要是不到19号来看弗洛伊德治病和写书的故居博物馆，大概我已经把他忘记了，大学时代买的书，大概有二十年没有再读了，搬家的时候，也有老同学建议，三年以上没有再读的书，其实就可以送给合适的人了，因为很可能一辈子都不会再读它了。

但是生命中总是有一些让人峰回路转的机会。

弗洛伊德家现在成了故居博物馆，在门厅里可以看到他用过的箱子、手杖和礼帽。在客厅里可以看到他招待心理学界的星期三俱乐部坐的沙发，招待候诊病人喝中国茶的茶几，墙上挂着他喜欢的画，和他与人的合影，他是个蓄着像恩格斯一样的文雅胡子的人，这种人看上去很爱体面，也有点脆弱。在他的工作室里可以看到他用过的写字桌，桌子上来自中国的小雕像，可以听到他喜欢的法国歌星唱的怨曲，听上去十分布尔乔亚气，就是弗洛伊德那样的人喜欢的类型。可以看到他的手稿，古典的花体字，用医生最喜欢用的那种蘸水笔，粗细有致地写在发黄的白纸上，像所有的杰作诞生的时候，创造者都浑然不知一样，弗洛伊德草草地用了普通不过的白纸。我想要是早知道将要放在故居博物馆里陈列出来，弗洛伊德一定用更好的纸了。在那里还可以看到他的雪茄盒子，雪茄是他的命，它帮助他思考，也使他的嘴里生了癌，雪茄置他于死地，也帮他流芳千古。

弗洛伊德看上去就是一个应该住在布尔乔亚的维也纳的敏感而有点脆弱的医生，这样的人才会对人的内心有这样深的探索的兴趣，他的趣味和脆弱使他懂得绕开英雄的世界观。他在维也纳的老公寓里是这样合适，像斯大林就应该在俄罗斯出生，梦露就应该在美国出生一样。

那时候，为买弗洛伊德的新书，我们学校河边那间刷了绿漆的小书店排了长队。队伍里除了中文系的学生一马当先以外，还有哲学系的、历史系的和外语系的学生。那时我们的教授里面，有三十年代就用弗洛伊德的观点创作现代主义小说的施蛰存，他那时是穿着蓝色中式棉袄罩衫的清瘦老先生，上课时只说唐诗，只字不提弗洛伊德。懵懂的我，只以为他就是个冬烘的古典文学教授，在他的课上不耐烦地看书，写小说，睡觉，研究弗洛伊德，可就是不懂向他质疑。到他九十七岁的时候，耳朵聋了，说不动话了，他在一个上午拼足了所有的力气告诉我当年他在中美书店买欧洲新出版的书的经历时，我才明白自己失去了什么样的机会。施先生给我看他买过的一瓶法国产的古龙水，已经用完了，或者挥发了，垂垂老矣的施先生在摇动空古龙水瓶子的时候，脸上突然迸发出讲究的都会男子的样子，那一瞬间的神色，很像弗洛伊德身上的维也纳气质。施先生也是喜欢雪茄的人，古龙水没有了，可雪茄一直没有断过。

弗洛伊德和学生荣格谈话的角落，还有他的雪茄盒子。雪茄使他死于口腔癌，也帮助他写出了《梦的解析》。

有时候一个人去看一个新地方，对他来说，其实是回到自己记忆中的老地方。那样的时候，整个人飘飘荡荡，不知身在何处。我混在参观的人里面，在那个弗洛伊德的套间里流连不去，心里很是恍惚。我的导游耳机里能听到弗洛伊德接受英国广播电台采访时的录音，那是现在唯一留在世界上的弗洛伊德的声音，他的声音有点尖，有点不耐烦，是沉湎于内心生活的人被打扰以后发出的声音，让听的人兴趣索然。

有一队学生，跟着心理学老师来这里上课，都是像中学生那样年轻的样子，身上脸上，还留着发育期的儿童胖，老师是个优雅的中年人，组织学生晚上在这里看一个电影，再开一个讨论会。我没有过这样的机会，当时除了学生，别人都对弗洛伊德视而不见的样子，大学以外的人，常常提起他，差不多像提起一个跳大神的一样，脸上浮着歪斜的笑容。但学生们不管这些，那时候的时髦就是用弗洛伊德的眼睛去观察世界和内心。我是那种时髦的受益者，那时候，我也是一个身上脸上带着婴儿肥的文科学生，在大乱甫定的上海，遇见了弗洛伊德的学说。

在流连不去的人里面，我还看到一个穿黑衣服的男人，他借了一本英文版的导游手册，一项一项对照着，也看得仔细。在小小的公寓套间里，转来转去不肯走的，就是我们两个人。后来，就互相点头打招呼，原来他是个美国人，也是个作家，在年轻的时候，也受到了弗洛伊德的影响。

“你写小说吗？”我问。

“不，我写的是诗。”他说。

audio and exhibition technology has been set up in Freud's former living quarters and is used for a variety of programmes of exhibitions and other events. This hall may also be rented by other cultural and scientific institutions. The renovation of the private living quarters has been made possible by the private association ***Society of Friends of the Sigmund Freud Museum Vienna***, which has financed the refurbishing as well as the purchase of autographs and books. A collection of contemporary art assembled by Joseph Kosuth as the ***Foundation for the Arts, Sigmund Freud-Museum Vienna***, is exhibited in the former consulting room of Anna Freud, who worked here as a children's analyst from 1925-1938. All these facilities are administered by the ***Sigmund Freud Society***, a private association. Members support the Society's work with an annual contribution of ATS 500.- In return they are allowed access to the library and free admission to the museum for themselves and their friends as well as receiving the Newsletter and the programme of events. Upon request we will be glad to send you additional information about membership.

We appreciate your interest and your visit. Please also check our web site at
http://freud.t0.or.at
http://www.freud-museum.at

Anna Freud

Vorraum/entrance hall

Sigm. Freud
MUSEUM

SIGMUND FREUD-MUSEUM
Wien IX., Berggasse 19
deutsch/English

1996年维也纳弗洛伊德故居导览图

弗洛伊德医生在诊所

弗洛伊德医生在二战时的离开

烛照病人内心世界曾经无边的黑暗，也烛照八十年代梦想成为一个好作家的我，去探索文字中对人性的理解、探究，与精致的表达。

弗洛伊德家的门厅，是故居参观的第一部分。寻常的欧洲老公寓的门厅，门上有一个猫眼，仆人应门的时候可以先看看到底访客是谁。衣钩上挂着弗洛伊德用过的礼帽、手杖和外套，门厅里还放着他旅行时用的皮箱。

当年因为自己精神上的问题来接受催眠术的病人，也是从这里进门，将自己的外套脱下，挂在衣钩上，再进客厅去，等待这个犹太医生的治疗。弗洛伊德嗜雪茄，在门厅里就可以闻到古巴雪茄的气味了，臭臭的香味。病人在屋里用来催眠的沙发床上，向医生展开了自己黑暗的、无边无际的潜意识的世界，被意识压抑的东西在那里，像大海里的鲨鱼一样浮沉游弋。最初的病人的故事，就和弗洛伊德学说一起，传遍了整个世界。

在这样的门厅里有点不自在，总感觉自己也像是个病人，一个有心病的人，就要把自己的大衣也脱下来挂好，也要向别人展开自己潜意识里的世界，自己的梦，自己被压抑了的力比多

（libido）。有谁能说自己没有被压抑呢？有谁没有做过奇怪的梦呢？梦见自己至亲的人死了，梦见凶杀，男人梦见了圆圆的东西，而女人却梦见了鱼、鸟和长而尖锐的东西直逼自己。按照弗洛伊德的说法，那就是被压抑了的性欲。治病的方法，是要在催眠的状态下把这一切都说出来。

我想起来，我上大学的时代，有一个学习心理学的朋友。那一天，我告诉他，我一直做同样的梦，梦见我走到一个尼姑庵里去，庭院里有一个小花坛，被矮矮的篱笆围着，里面开着一些水红色的月季花。我想要摘一朵月季，可是，刚刚摘到，手还没有缩回来，就被一个穿灰色长袍的老尼姑看到了，她走过来，我就吓醒了。我说完这个梦，那是我的噩梦，我的朋友意味深长地朝我笑。他说："现在我晓得你的秘密了，你潜意识里的秘密还不少呢。"吓得我以后再不要和他见面说话，也不想当朋友，因为他晓得了连我自己都不晓得的自己的潜意识！

人总是不喜欢把自己完全裸露在别人面前的吧。来找弗洛伊德的人，真的是走投无路了。

过了好多年，我又遇到那个朋友，他才告诉我，他一点也不知道我的梦到底象征了什么。"那时候，读了弗洛伊德，却不能释梦，觉得好丢脸。"他说。

这其实也是我怀疑弗洛伊德学说的地方，真的什么都是被压抑的性欲在作怪吗？连背痛都是，梦当然更加是。

在弗洛伊德家的衣钩下面，我想，要是他正在里面等着我的话，他会怎么解释我的尼姑庵里摘月季的梦呢？

索引卡片 6

- 维也纳弗洛伊德故居《樱桃树下爱与弗》
- 巴黎雨果故居《我的旅行方式》
- 奥斯陆南森故居《北纬 78°》
- 莫斯科普希金故居博物馆
  《去北地，再去北地》
- 都柏林詹姆斯·乔伊斯塔
  《驰想日：<尤利西斯>地理阅读》
- 斯莱戈叶芝纪念馆《令人着迷的岛屿》
- 斯莱戈丽莎德尔旧居纪念馆
  《令人着迷的岛屿》

图集六

一进，一进，又一进

◆ 一进一进的展厅，无穷无尽的，令人精疲力竭的漫游，这就是参观博物馆。恍惚终日，直到离开这栋巨大的房子。但这房子里的一切，还会经年不息地在心中发出声响。

2001 年维也纳艺术史博物馆

◆ 2001年9月，维也纳巴洛克博物馆

补充索引篇目

- 奥斯陆挪威科技博物馆《北纬78°》
- 特罗姆斯极地博物馆《北纬78°》
- 曼谷大皇宫博物馆《我的旅行方式》
- 咸阳博物馆《我的旅行方式》
- 河姆渡博物馆《我的旅行哲学》
- 考纳斯安塔纳斯·瑟姆的自那威克斯故居纪念馆《去北地，再去北地》
- 希拉波利斯旧城博物馆《捕梦之乡：＜哈扎尔辞典＞地理阅读》
- 纽约自然历史博物馆《跟屁虫进行曲》
- 沙加缅度火车博物馆
- 克鲁姆洛夫木偶博物馆

主要专有名词对照表[1]

杰克·伦敦 … Jack London
立陶宛 … Lithuania
西伯利亚 … Siberia
拉脱维亚 … Latvijas
哈姆雷特 … Hamlet

乌菲齐 … Uffizi
翡冷翠 … Florence
阿尔诺河 … Arno River
领主广场 … Pizza della Signoria
但丁 … Dante
贝雅特里齐 … Beatrice
圣彼得堡 … St Petersburg
大卫像 … Statue of David
海神喷泉 … Fountain of Neptune
大教堂广场 … Piazza del duomo
圣马可修道院 … Convento di San Marco
《天使报喜图》… *The Virgin of Annunciation*
《十日谈》… *Decameron*
安杰利科 … Angelico
菲利皮诺·利比 … Filippino Lippi
达·芬奇 … da Vinci
波提切利 … Botticelli
维纳斯 … Venus
美第奇 … Medici
《维纳斯的诞生》… *The Birth of Venus*
冬宫博物馆 … Winter Palace
托斯卡纳 … Tuscany
卢浮宫 … Louvre
《蒙娜丽莎》… *Mona Lisa*
拉斐尔 … Raffaello
米开朗琪罗 … Michelangelo
《圣家族》… *Tondo Doni*
莫扎特 … Mozart
圣十字教堂 … Holy Cross Church
耶稣 … Jesus
卢伊尼 … Luini
莎乐美 … Salomé
王尔德 … Wilde
那不勒斯 … Naples
阿特米西亚 … Artemisia

1. 本书中英对照表中的主要专有名词以在本书中的出现先后为序。

《朱迪丝谋杀赫罗弗尼斯》… *Judith Slaying Holofernes*
罗马 … Rome
梵蒂冈博物馆 … The Vatican Museum

圣母百花大教堂 … Basilica di Santa Maria del Fiore
科西莫 … Cosimo
抹大拉的马利亚 … Mary Magdalene

薄伽丘 … Boccaccio
圣乔万尼洗礼堂 … Battistero di San Giovanni
但丁故居纪念馆 … Casa di Dante

米开朗琪罗故居 … Casa Dove di Michelangio
施瓦辛格 … Schwarzengger

《海底两万里》… *Twenty Thousand Leagues under the sea*
《死魂灵》… *Dead Souls*
果戈理 … Gogol
意大利壮游 … The Grand Tour
波皮城堡 … Castello di Poppi
拉韦纳 … Ravenna

贝尼尼 … Benigni
大都会艺术博物馆 … Metropolitan Museum of Art
马利亚 … Blessed Virgin Mary
凡·高 … van Gogh
西斯廷礼拜堂 … Sistine Chapel

San Gimignano … 圣吉米尼亚诺

《米洛斯的维纳斯》… *Venus de Milo*
杜乐丽花园 … Jardin des Tuileries
伦勃朗 … Rembrandt
安格尔 … Ingres
《大浴女》… *The Grand Baigneuse*

奥赛博物馆 … Musée d'Orsay
普希金造型艺术博物馆 … Pushkin Fine Arts Museum

皮蒂宫 … Palazzo Pitti
老绘画陈列馆 … Alte Pinakothek

美泉宫 … Schonbrunn Palace
巴洛克 … Baroque
比卡内尔 … Bikaner
爱尔兰国家美术馆 … National Gallery of Ireland

维也纳艺术史博物馆 … KHM Wien

慕尼黑 … Munich
卡尔斯广场 … karlsplatz
慕尼黑古代雕塑展览馆 … Glyptothek
玛利亚广场 … Marien Platz
阿波罗 … Apollo
苏格拉底 … Socrates
全俄展览中心（原国民经济成就展览馆）… The All Russia Exhibition Center
爱琴海 … Aegean Sea
慕尼黑州立文物博物馆 … Staatliche Antikensammlungen
拉奥孔 … Laocoon
阿尔卑斯山 … Alps

艾尔米塔什博物馆 … Hermitage Museum
鲁本斯 … Rubens
高更 … Gauguin
毕加索 … Picasso
康定斯基 … Kandinsky
奥登堡 … Oudenburg
斯坦因 … Stein
伯希和 … Pelliot
涅瓦河 … Neva
柏林埃及博物馆 … Egyptian Museum of Berlin

大英博物馆 … British Museum
帕加马博物馆 … Pergamon Museum
贝尔加马博物馆 … Bergama Museum
阿弗罗狄西亚 … Aphrodisias
以弗所博物馆 … Ephesus Museum
奥斯陆弗拉姆（前进号）博物馆 … Fram Museum

塞纳河 … Seine River
蒙马特高地 … Montmartre
莫奈 … Monet
雷诺河 … Renoir
大溪地 … Tahiti
修拉 … Seurat
罗丹 … Rodin
埃米尔 … Emile
卡米耶 … Camille
西堤岛 … Ile de la Cité
弗雷德里克·巴齐耶 … Frédéric Bazille
《巴齐耶的工作室》… *Bazille's Studio*

伦巴赫美术馆 … Lenbachhaus
蓝骑士 … The Blue Rider
国王广场 … King's Square
巴伐利亚 … Free State of Bavaria
奥古斯特·马克 … August Macke
克利 … Klee
雅夫伦斯基 … Jawlensky
穆特 … Gabriele Munter
科隆 … Köln
路德维希博物馆 … Museum Ludwig

郁特里洛 … Maurice Utrillo
莫迪利亚尼 … Amedeo Modigliani
达利 … Dali
莫里哀 … Molière
海明威 … Hemingway

博洛尼亚 … Bologna
帕瓦罗蒂 … Pavarotti
卡拉瓦乔 … Caravaggio
提香 … Titian

莫斯科现代艺术博物馆 … MMOMA
维也纳分离派博物馆 … The Secession Building

席勒 … Schiele

哥拉巴公园 … Glover Garden

普契尼 … Puccini

福尔摩斯博物馆 … Sherlock Holmes Museum

贝尔格莱德 … Belgrade
萨瓦河 … Sava River
约瑟普·布罗兹·铁托 … Josip Broz Tito
南斯拉夫 … Yugoslavia
塞尔维亚 … Serbia
蓬皮杜 … Pompidou
莫斯塔尔 … Mostar
萨拉热窝 … Sarajevo
科索沃 … Kosovo
米哈伊洛 … Mihailova

埃舍尔 … Escher

弗雷德里克大街 … Frederick Street
查理检查站 … Checkpoint Charlie
韶泽街 … Chaussee Street
博恩霍尔姆街 … Bornholmer Street
选帝侯 … Kurfürst
甘特·里特芬 … Günter Litfin

普劳森监狱 … Plötzensee Prison
克罗伊茨山 … Kreuzberg
蒂尔加滕 … Tiergarten
奥斯威辛 … Auschwitz
埃米·策登 … Emmy Zehden
马丁·尼莫拉 … Martin Niemoeller
埃尔温·隆美尔 … Rommel
路德维希·贝克 … Ludwig Beck
达豪 … Dachau

克拉科夫 … Kraków
卢布林 … Lublin
艾萨克·巴什维斯·辛格 … Issac Bashevis Singer
《卢布林的魔术师》… *The magician of Lublin*
拉比 … Rabbi
扎莫什奇 … Zamosc

考纳斯 … Kaunas
魔鬼博物馆 … Devil's Museum
塔林 … Tallinn
维鲁 … Viru
新圣女修道院 … Novodevichy Convent
彼得堡罗要塞博物馆 … Peter and Paul Fortress
伊斯坦布尔 … Istanbul
圣索菲亚教堂 … Hagia Sophia
埃利斯岛移民博物馆 … Ellis Island Immigration Museum

维也纳 … Vienna
萨尔茨堡 … Salzburg
圣马克斯公墓 … Biedermeierfriedhof Sankt Marx
《费加罗的婚礼》… *Le Nozze di Figaro*

魏玛 … Weimar
法兰克福 … Frankfurt
狂飙突进运动 … Sturm und Drang
弗劳恩普兰 … Frauen plan
伊尔姆公园 … Park an der Ilm
夏洛特·冯·施泰因 … Charlotte von Stein
克里斯蒂安·武尔皮乌斯 … Christian Vulpius

古斯塔夫·克利姆特 … Gustav Klimt
美泉宫 … Schloss Schönbrunn
小约翰·施特劳斯 … Johann Strauss II
多马耶尔的赌场 … Dommayer's Casino
哈布斯堡王朝 … House of Habsburg
埃米莉·路易丝·弗洛格 … Emilie Louise Flöge
莫里茨·奈尔 … Moritz Nähr
约翰内斯·勃拉姆斯 … Johannes Brahms

弗洛伊德 … Freud
《梦的解析》… *The Interpretation of Dreams*
荣格 … Jung
多拉 … Dora

奥斯陆 … Oslo
弗里乔夫·南森 … Fridtjof Nansen
詹姆斯·乔伊斯塔 … James Joyce Tower and Museum
斯莱戈 … County Sligo
丽莎德尔 … Lisadell

挪威科技博物馆 … Norwegian Museum of Technology
特罗姆斯 … Troms
安塔纳斯·瑟姆的自那威克斯 … Antanas Žmuidzinavičius
希拉波利斯 … Hierapolis
沙加缅度 … Sacramento
克鲁姆洛夫 … Cesky Krumlov

2014年2月出版

◆ 全书分三个章节，总览陈丹燕二十年旅行经验，向读者展示了她用自己的双脚细细丈量出的世界地图——这不仅仅是地理上的地形图，更是精神世界里，用亲历的历史地标、哲学家的课堂、文学名著描绘过的故事发生地以及艺术作品在画面和音乐中呈现过的地域气质等元素构建的心灵地形图。陈丹燕用这些为自己创造出一个奇妙新世界，并细致地描绘了它和它的哲学意义。在本书中陈丹燕探讨旅行的艺术和意义，带领大家去体会如何在旅行中获得精神上的成长，如何形成自己的旅行经验及旅行的世界观。

她对这个世界的总结是：先要观世界，方有世界观。

2014年4月出版

◆ 陈丹燕以自己深厚的文化积淀，用细腻深透的笔触，向我们展现了她游历过的世界各地有名和无名的各色咖啡馆，一座座堪称伟大的咖啡馆的渊源、一间间喷香店堂散发的情调和一位位饮客的神貌，更配有一幅幅层次丰富的图片和独具创意的细节装饰，使整本书弥漫着如咖啡般浓郁的文化醇香。在本书中，读者品味到的不仅是陈丹燕在世界各地的咖啡馆迁徙，从伊斯坦布尔最老的君子们咖啡馆，到巴黎最早的咖啡馆，再到威尼斯最老的咖啡馆，从伊斯坦布尔的书香，到巴黎的革命遗风以及威尼斯贵族的颓废野心，咖啡馆更是陈丹燕观看历史地理的世界的课桌。

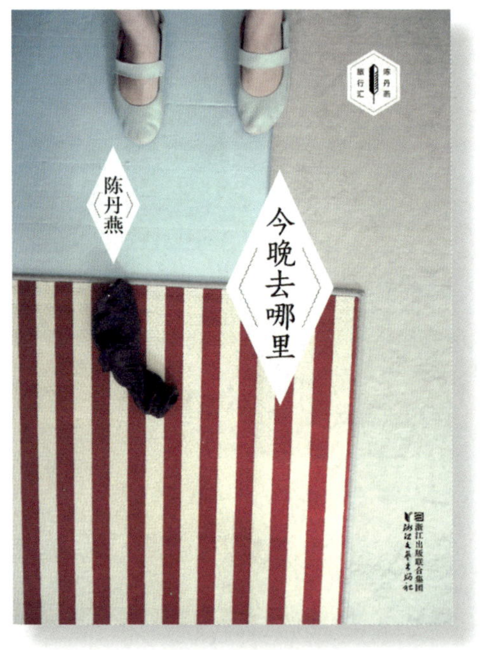

2014年10月出版

◆ 这是一本记述独自旅行的陈丹燕如何度过在异乡无数夜晚的散文集。她用小说化的技法描绘了她住过的地方。独自旅行的人，尝试着融入陌生之地——从借宿地开始。雪泥鸿爪知何似？时光流转，当陈丹燕再次回到当初游历过的地方，等待她的是老朋友的离去和新生命的降临。她甚至与二十年前看到的种在花盆里的小树苗相逢，此刻它已是一棵长到了天花板上的大树。相逢恰是异国友人为她提供的借宿小床，却也是她给漂泊他乡的读者带来的慰藉与鼓励。因此，今晚去哪里，并不是人生旅途中的彷徨无依，而是会心一笑的久别重逢。

2015年3月出版

◆ 这是陈丹燕在世界各地旅行时用所见所想汇集成的随笔集，注重旅行中的细节，就好似手握放大镜来看世界；对细节的注目与体会，是决定你能否记住一次旅行的重要因素。一次旅行，往往是因为有了这样一些难忘的细节，才让你深深记住了彼时一段生命如何度过。书中记录的细节与照片大多已随陈丹燕经历了二十年的沉淀和思索，也是帮助她渐渐在旅行中观察世事、了解自我、形成自我的旅行方式。在她看来，对内部的自我和外部的他者的世界，每个人都是一点一滴地了解，生命也就是这样一点一滴地成熟，并且终于在旅途中找到一个更好的自己。

2016年1月出版

◆ 这是陈丹燕自2004年至2013年之间四次爱尔兰旅行后所记录下的旅途故事。她像回到故乡一样行走在爱尔兰的峡谷和海岸线上，感受这个值得热爱并怜惜的国家。指引她前往那些绿岛秘境的，是乔伊斯的小说、王尔德的趣味、酋长乐队的笛声、奥康纳和U2的歌声、贝克特的戈多以及叶芝在二十世纪写下的诗歌……这些植根于天涯海角的凯尔特悠远而神秘的文化遗存，这些无与伦比的精神花朵，让陈丹燕触摸到了爱尔兰如井中活水般生生不息的文化根魂。陈丹燕于十年之间在大西洋中翡翠岛的旅行，是她在鲜花盛开的乡野古城的惬意漫游，更是对古老民族如何对待传统的深邃观察。

2016年1月出版

◆ 这是陈丹燕欧洲旅行最初的旅居地，因此她在日后描写这片说南部德语的地区时，带着初次面向欧洲时，一个从没有私人旅行证件的国家而来的中国年轻女子的敏锐感觉。在旅行中，家乡凋败的欧洲式街道，以及她带有短波的国产收音机，与南部德国富足到窒息的日常生活、奥地利的蓝色多瑙河互相流动。弗洛伊德医生家的红色沙发，施特劳斯的圆舞曲，茨威格的小说，克利姆特的金衣女子肖像以及他如今寂静无人的画室，还有皇宫里茜茜公主窗上的黑暗，皇宫墙外哈维卡咖啡馆刚出炉的李子蛋糕，这些无不指向陈丹燕心中的上海。这是一部充满意识流动交融的城市笔记，陈丹燕用小说的技法记录了中国走向世界的背包客的旅行线——地理的和心理的。

2016年8月出版

◆《哈扎尔辞典》是二十世纪欧洲小说的高峰之一。陈丹燕以一个中国作家、东方读者的身份来到小说的故乡，从地理和历史的角度挖掘了帕维奇笔下关于巴尔干和小亚细亚一带地区宗教、战争、民族等问题的始末沿革。这一次次因为阅读而开始的出行，带来了一场场“相遇”——远方读者与文学大师的相遇，疯狂追梦的旅行家与自我心灵的相遇——旅行和阅读不就是一个与自身相遇的过程吗？当作家陈丹燕踏上《哈扎尔辞典》的土地，来到这个静谧宗教与喧嚣炮火交织的异域世界，小说中的一切都变得触手可及和顺理成章，虚构与真实在这里失去了原有的界限。即便是那些遗落在小说里的蛛丝马迹，也在真实史料中显露出超越故纸的意义。

2016年8月出版

◆ 陈丹燕带着二十世纪欧洲文学的高峰之一——《尤利西斯》开启了她的旅程。踏着主人公布卢姆在1904年6月16日的漫游足迹，陈丹燕在爱尔兰完成了一场文化与历史、文学与地理的深度阅读。

2013年初夏，布卢姆日，陈丹燕遇见迎着乔治教堂的晨光去买羊腰子的“布卢姆”，与穿着灰蓝色短大衣的“舞蹈老师”前后脚经过一家鲜肉铺，而长裙飘飘的“诺拉”在红砖墙下倏然而行……书中的人物走进了现实，陈丹燕个人的驰想与遐思则进入了书中。

在陈丹燕笔下，1904年的都柏林与2013年的都柏林相互对照，相互呼应，相互融合；二十世纪七八十年代的上海与如今的都柏林同样以一种奇异的方式连接在一起。陈丹燕以其独特的旅行方式，完成了她作为一个欧洲小说爱好者的阅读。

2016年11月出版

◆“你要去哪里呀？”

“北极。那是很冷的地方哦。”

“是吗？有多冷？”

“比冰箱的冻格还冷。”

“那你还能活吗？”

“能。我有去月亮的人穿的那种厚衣服。”

这是陈丹燕前往北极斯瓦尔巴德群岛前，向她九十多岁的姑母辞行时的对话。她的姑母不认识字，从小将她带大，不肯想象自己视为珍宝的人，如今要到那么寒冷的地方去住几天。陈丹燕去到北极，彻夜听着冰川融化坠落发出的声响，看着漫卷长空的北极光，在这冰天雪地中，找到了一个强悍伟大的自然。

2018年8月出版

◆ 一对夫妇，曾是华东师范大学七八级中文系的同学，一起上的俄罗斯文学课，这个开始于1979年的课程为他们带来了深远的俄罗斯文学影响，贯穿了他们少年时代对俄罗斯诗歌的喜爱，并引导了他们青年时代在大雪纷飞中，在俄罗斯的旅行，甚至也引导了二十四年后他们对波罗的海的旅行。

这对夫妇在俄罗斯的旅行开始时就约定，各自记录自己的旅行日记，不交流，等旅行结束后将各自的日记交付编辑出版，他们是在日记出版后才读到对方写了什么。当年他们交付给自己大学的出版社，编辑就是留校的同级同学，作序的正是当年教授俄罗斯文学的教授。

从日记上，能看到，旅行中朝夕相处的夫妇，内心对俄罗斯的感受竟然如此不同，然而又是如此相通。

2019 年 6 月出版

◆ **从前有个女孩，名叫太阳。**

她是在旅行中渐渐长大的，就好像是个在机场航班信息布告牌下长大的人。

她会成长成怎样一个人呢？当她自己可以开始旅行时，她会怎样选择自己的目的地呢？

当她渐渐不再是心怀欢喜与不满交织的复杂感情，跟在妈妈身后的孩子，她会怎样平等地与母亲讨论旅行这个问题呢？

当她见到的世界比父母的都要广大以后，为什么她的父母还要为她规划一条旅行线呢？

这是一本陈丹燕与她的孩子一起完成的旅行笔记，记录了孩子在旅行中的成长过程。

2020年1月出版

◆ 每个人都觉得自己记性不好，但是，人类真是一种不肯忘记的动物，他千百年来日以继夜地活着，一代又一代，他最重要的精神生活都被小心地留了下来，存在最好的房间里。不光存着，还要给后来的人看到，还用最沉静的灯光照亮着那些东西。这就是如今遍布世界各地的博物馆和纪念馆。人类在世世代代心中埋着一种不变的羞耻感，就是对忘记与无知的羞耻，因此去一个地方旅行的人，通常不敢不去拜访当地的博物馆，不敢不在往事住的房间里屏息慢行，一一打量往事们的模样，让它们也住在自己心中。但是，人类到底是如何记着自己的光荣与耻辱的呢？

往事自己心中，到底又藏着怎样的难言之隐呢？

图书在版编目（C I P）数据

往事住的房间：陈丹燕的博物馆旅行 / 陈丹燕著
. -- 杭州：浙江文艺出版社，2020.1
ISBN 978-7-5339-5803-9

Ⅰ.①往… Ⅱ.①陈… Ⅲ.①散文集-中国-当代②游记-作品集-中国-当代 Ⅳ.①I267

中国版本图书馆CIP数据核字(2019)第186046号

往事住的房间——陈丹燕的博物馆旅行
WANGSHI ZHU DE FANGJIAN
CHENDANYAN DE BOWUGUAN LUXING
作者：陈丹燕
责任编辑：诸婧琦
营销编辑：张恩惠
装帧设计：杨林青 × 彭彭
印装监制：朱国范
出版：浙江文艺出版社
地址：杭州市体育场路347号
网址：www.zjwycbs.cn
经销：浙江省新华书店集团有限公司
印刷：上海中华商务联合印刷有限公司
版次：2020年1月第1版　2020年1月第1次印刷
开本：880毫米 × 1230毫米　1/32
字数：274千字
印张：10.375
插页：6
书号：ISBN 978-7-5339-5803-9
定价：68.00元